芝居とその周辺

井上ひさし　発掘エッセイ・セレクション

井上ひさし
発掘エッセイ・セレクション
芝居とその周辺

岩波書店

目次

芝居とその周辺

4　絶筆ノート

編集協力＝井上　恒
資料提供＝遅筆堂文庫

＊本書には、井上ひさし著の書籍未収録の作品から、「芝居」をめぐるエッセイ及びその周辺の作品を精選し収めた。
＊執筆時期、媒体がさまざまであるため、あえて表記・用字などは原文のままとし、明らかな誤記と認められるものに限り訂正した。
＊各編の最後に初出を明示した。また、内容の理解のため適宜コメントを付した。
＊〔　〕は、本書収録にあたり、新たに加えた注である。

1

私のチャップリン観　東京・井上　廈《ひさし》

彼、チャップリンが鋭い着想と、秀でた技術で斯界に確固たる位置を占め終った一大映画人であるという事は事実である。

多才（多彩とも言うべきか――）な各部門への造詣と技術が、戦後二つの傑作を世に送り、各々尨大な賞讃を得た。

しかしである――ヴェルドゥ氏が殺人を云々してギロチンへひかれてゆく諦観の後姿や、最後に一世一代の演技を成し遂げたカルヴェロの神々しい死顔のかげから、私は彼のせせら笑いが聴きとれる様な気がするのだ。

世間の人々を他愛もなく軽々と手玉にとっている彼が見える様な気がするのである。

二つの映画は成る程、感銘を与えずにはおかない訴えるものを持っているが、彼の余りの狡猾さが、知性の乏しさが彼の作品を、極めて巧みに作られた道化師劇で残念ながら終らせてしまう――と言っては言いすぎであろうか。

映画では「清らか」な事を描きながら、乱脈の私生活を歩んで来た臭味が、その裏に流れている様にも思えるのである。

彼の作品には又いい意味でのハッタリがある。

しかし、彼が依然として天才的な映画人である事は否定できない。魔術師として――。道化師として。

（読者ノート『映画の友』一九五三年七月号　映画世界社）

◇講談社文庫版井上ひさし自筆年譜昭和二十五年に「『キネマ旬報』や『映画の友』へもよく投稿し、しばしば誌面に掲載された」とある。確認できたのはこの一編のみ。高校卒業、上智大学ドイツ語科入学決定直後、ほとんど上京と同時の投稿。応募者が多く、採用は狭き門で、賞金六百円は相当遣い出があったはず。原文に適宜ルビを加え、また旧字体を新字体に改めた。文中ヴェルドゥ氏は『殺人狂時代』、カルヴェロは『ライムライト』の主人公。

1
自作の周辺

庭先の真理

相模湾に面した猫の額ほどの平地を三方から囲む山山が刻み出した襞《ひだ》や谷……それを鎌倉の人びとは「谷《やつ》」や「谷戸《やと》」と呼んでいる。

その谷戸の一つ、佐助ケ谷《さすけがやつ》の奥のどん詰まりに我が家がある。母屋の背後は高さ二十米の切り立った崖になっていて、その崖から向こうは標高九十六メートルの「源氏山《げんじやま》」という公園である。崖は庭の方まで続いているが、崖の向こうはやはり源氏山、休日になると風向き加減で思いがけなくハイキングにやってきた人たちの愉快そうな声が降ってくる。小鳥のさえずりも気分がいいが、和やかにしているときの人間の声には、はるかに美しい響きがある。煙草を思う存分ふかしながら庭に立って天から降ってくる人の声に耳を傾けていると、世界と抱き合っているような安心感がある。

こんど、その庭の隅に書庫を建てることになった。故郷の川西町《かわにしまち》(山形県)に十三万冊の書籍を寄贈したのは二十年前、それからも年平均三千冊の書籍を贈り続けているが、それでも家の中はどこもかしこも本ばかりになり、川西町にもついに本を収める書庫がなくなってしまった。川越市の江戸期の蔵が次々に壊されて行くのを惜しんだ妻は、それらの蔵の一棟を持ってきて、書庫に仕立て直すことにしたのである。

もっとも鎌倉では、市の文化財の調査員が敷地を掘り下げて調べをつくすまで、建てるのを待たなければならない。

「どうせ大したものは出てくるまい。出てきても明治時代の馬の骨ぐらいなものだろう」

高を括っていると、数日して、地面の三十センチ下から江戸期の寺院の跡が現われて、調査員がこう教えてくれた。

「いろんな文献と突き合わせたところ、ここに宝蓮寺《ほうれんじ》というお寺が建っていたことがわかりました。そのお寺が江戸中期に廃絶になったあと、雨のたびに源氏山から流れ出た土砂が少しずつ降り積もって、現在の庭になったのです」

「たいへんに由緒のある場所に住んでいたんですね。これからは行いを改めますよ」

行いをどう改めたらいいのかよくわからないままにうなづいて、

「もう調べがついたんですから、書庫を建ててもよろしいんですね」

というと、調査員は首を横に振った。

「発掘調査はいま始まったばかりですよ」

さらに一週間たって、また三十センチほど掘り下げたところで報告があった。

「第二面調査で、南北朝時代の遺構《いこう》が発見されました。これも寺のあとでした」

発掘現場に、素焼きの土器皿(朱と茶をまぜた色のカワラケ)が三十枚ばかり大事そうに並べられている。それから、景徳鎮《けいとくちん》の白磁や浙江省龍泉県《せっこうしょうりゅうせんけん》の青磁などの舶載《はくさい》磁器、常滑《とこなめ》窯や瀬戸窯などの国産陶器、釘などの鉄製品もある。なによりも驚いたのは、三十六の大穴である。

「これは柱穴です。南北朝にあったのも、大きな寺だったようですよ」

ほかにも、なんのために使われたのか判らない穴が八基もあった。こういう中空の大穴のことを学術用語で〈土壙《どこう》〉というのだそうである。「穴を掘り当てた」というと間が抜けて聞こえるが、「土壙発見」といわれると、なんだか血が騒ぐ。学術用語は偉大である。

「楠木正成《くすのきまさしげ》のしゃれこうべ発見！　なんてのを期待していたのですが、穴と陶磁器のカケラとカワラケでしたか。いや、ご苦労さまでした。これでやっと書庫を建てることができます」

調査員はこんども首を横に振った。

「いよいよこれからが本番です」

さらに二週間たって、二メートルの深さまで掘り下げられたところで、頬を紅くした調査員がやってきた。

「第三面調査で、平安末期の寺の遺構が発見されました。鎌倉ではここ二十年来の大発見です。そしてここの寺に文覚上人《もんがくしょうにん》が身を寄せていたことも判りました」

さすがにわくわくする。ご存じのように文覚は、平安末期から鎌倉前期に勧進上人《かんじんしょうにん》として活動した真言宗のお坊さまである。

もとは摂津国の渡辺党の武士で名を遠藤盛遠《もりとお》といい、鳥羽天皇の女上西門院《むすめじょうさいもんいん》に仕えていた。十八歳のとき、同僚の妻である袈裟御前《けさごぜん》を誤って斬って発心出家、熊野などで苦行した後、高雄山神護寺《じんごじ》の再興を志して勧進につとめたが、後白河法皇に寄付を強制してつまづき、不敬罪で伊豆国へ流され、同じころ伊豆に流刑中の源頼朝に会って挙兵をすすめた……というあのお坊さまが、どうやら拙宅の庭の下に一時、隠れていたことがあるらしい。

「袈裟御前に宛てた懸想文《けそうぶみ》の下書きのようなものは見つかりませんでしたか」

冗談半分に訊くと、調査員は言下に否定した。

「見つかりませんでした」

市に職を得てはいるが、調査員は本来は、まじめな学者なのである。

「懸想文を書いたとされるのは鎌倉へくる前のことですから、ここに眠っているわけがないでしょう。それに文覚が袈裟御前に懸想文を書いたというのは、あくまでも俗説ですから、信ずるに足りません。なによりも、八百五十年も前の紙が地中で腐らずに原型をとどめていることなど考えられません」

「……とにかくご苦労さまでした。これでやっと書庫が建てられます」

すると、調査員はみたび首を横に振った。

「まだ本番の半ばですよ」

……という次第で、発掘調査はまだ続いている。この先、縄文時代の公衆浴場跡などが発掘されて国の指定史跡にでもなったら、もう永久に書庫は建たない。

しかし書庫の代わりに、偉大な教訓を得たこともたしかである。

「過去は過ぎ去りはしない、過去はただ黙々と積み重なって行く」

という真理が庭から発掘されたのだ。

この庭先の真理を通して目の前の現実を見ると、いろんなことが解ってくる。近代の日本人は、生きて行くために、いろんなことをした。その中にまちがいもあった。それは仕方のないことだったかもしれない。まちがいをしでかさない国なぞあるわけがないから、まちがいを犯しても当然だった。ただし、そのまちがいはもう過去のことだから、忘れてもいいということにはならない。

別の言い方で強調すると、過去が過ぎ去るものなら、「わたしたち日本人は健忘症で……」といってすますこともできるだろう。けれども過去は過ぎ去りはしない。積み重なって、いまも、そこに、ある。

たとえば、日本人にしか通じない〈併合〉という政治用語を使って隣国を植民地にしてしまった過去、第一次大戦のどさくさにまぎれて手前勝手な対華二十一ケ条を突きつけて相手を憤激させた過去、いかにも他国人がやったように見せかけて敵将を爆死させ、偽国家をでっちあげた過去……ひっくるめて、他国の人びとの心と生活を踏みにじった上、真剣に謝罪すらしてこなかった過去は、消え去りはしない。そういった過去は朝鮮半島や中国大陸や東アジアのいたるところに積み重なって、いまもそこにある。わたしたちがヒロシマやナガサキやシベリアを決して忘れないように、わたしたちが犯したまちがいを、そこで生きる人たちが忘れることはない。

余談になるが、昭和二十六年（一九五一）サンフランシスコ条約に調印して、わたしたちの国が念願の〈独立〉なるものを果たしたとき、当時の国会で、

「とにもかくにも独立した以上は、迷惑をかけた諸国に賠償すべきである。何百年かかろうと、日本は過去の償いをすべきである」

そう唱えた議員は、羽仁五郎さんただ一人だった。わたしたちはそれぐらい過去を忘れる達人であり、他者感覚を持ち合わせていない人間の集まりなのだ。このことは心にしっかりと銘記しておいた

方がいい。

というのも、ちかごろ、愚人たちがそれぞれ安物のラッパを吹き鳴らしながら、「日本はまちがっていなかった。だから己れの国を愛せ」と喚き散らす声が聞くに耐えないからである。ここで付け加えておけば、無能な者ほど、愛社心を、愛国心を強調するのが、これまでの決まりである。

それでは、まちがいを仕出かしたときは、どうすればいいのだろうか。ただひたすら心から謝るしかない。謝るのは、わたしたちの心に「正義」を取り戻したいから謝るのであって、他人のために謝るのではない。謝罪することで正義を取り戻したとき、はじめて国を愛することができるのだ。それを忘れているかぎり、わたしたちは「国際的孤児」として、この世をさすらいつづけるしかないだろう。

庭に過去を発見してから、わたしは以前のような、世界と抱擁している安心感を持つことができないでいる。わたしたちがまちがいを謝る勇気を持ち合わせていないことがわかったからだ。『円生と志ん生』も『箱根強羅ホテル』も、じつはその勇気を引き起こすために書いた作品である。

（『青春と読書』二〇〇五年八月号　集英社）

◇のち、日本文藝家協会編『ベスト・エッセイ2006　意地悪な人』（二〇〇六年、光村図書出版）に収録された。

勇気をお送りください　〔司馬遼太郎への手紙〕

文人や墨客がその死後を優雅に穏やかにやしなうというあの白玉楼《はくぎょくろう》に先生がお住まいを移されて間もなく、先生の文業をなおいっそう慕う方がたが奥様のまわりに集《つど》い、「司馬遼太郎賞」を制定なさいました。その第一回の受賞者の立花隆さんが授賞式でなさった挨拶は後日文章にまとめられましたが、それは次のように結ばれています。

〈……しかしいま、われわれの時代を見ると、新しい時代を切り開くべき人間の姿は見えてこない。見取り図もありません。そういう時代であると思います。

ですから、この賞をいただいて感想を問われまして答えました。

「いまほど司馬さんともう一回話をして、司馬さんの話を聞きたいと思う時代はない」

われわれにできることは、司馬さんの書いたものをもう一度読み、問いに対する答えを引き出せないか、考えることではないかと思っています〉（「週刊朝日」九八年三月六日号）

同じ思いを抱いておりましたので、司馬全集を手の届くところに並べて折にふれて頁《ページ》を開き、先生のことばに耳を澄ますのを日課にしていました。

「この国の官僚や企業家や政治家の中に、一国の経営という公事《おおやけごと》に私事《わたくしごと》を持ち込む輩《やから》がふえている。どうして彼等はこうも無責任なのか。この無責任さはどこから来たのだろうか」

こういう問いを頭の片隅に置きながら司馬全集をめくっていると、ある夜、頭の中いっぱいに轟いた声があります。

「東京裁判を書かねばだめだ」

その声はやや甲高く、先生のお声のように思われましたし、私自身のものにも似ていました。さっそく——先生がいつもなさっていたように——古書店から『国際検察局尋問調書』や『東京裁判却下未提出辯護側資料』といった基本資料を取り寄せて調べはじめました。

先生に向かって東京裁判の説明を申しあげるのは釈迦に仏法を説き中田選手にボールの蹴り方を教える以上の愚挙ですが、このところ東京裁判を否定する人たちが多く、彼等の曰く、

「勝った方が、勝った方の理屈で、敗れた方を一方的に裁いたのはおかしい」

「然り。アルゼンチン、スイス、スウェーデンといった中立国が中心になって国際法廷を構成すべきであった」

「さらに、あの『大東亜戦争』でもっとも迷惑を蒙ったのはアジアの人びとだった。それなのに十一名の判事のなかでアジアを代表するのはたったの三名だった。これもおかしい。その上、朝鮮人の判事もいなかったではないか」

「だいたいが、アメリカの原爆投下、旧ソ連の日ソ中立条約侵犯といった連合国側の『戦争犯罪』が不問に付されている。インチキもここに極まれりだ」

このように右寄りからは強く、左寄りからも弱く、東京裁判批判の声が上がっています。けれども検察団提出の証拠二万一千二百頁、弁護団提出の証拠二万六千八百頁を丹念に読むと——この証拠そのものが「歴史の宝庫」で、東京裁判がなければ、わたしたち国民は当時の戦争指導者層が何を考え

何をしたかをついに知ることはなかったでしょう——とにかく詳細に読むと、じつは漠然と感じていたあることが、はっきりとことばの塊となって浮かび上がってきました。それは先生のお考えとはちがうかもしれませんが、こういうものでした。

「大日本帝国憲法が明示するように、戦争の最高最大の責任者は天皇だった。その天皇が、その責任を問われなかった。それどころか証人として喚問されることもなかった。アメリカの占領行政の都合でそうなったのは明らかだが、しかしわたしたち国民もまた天皇を頂点とする戦争指導者層の責任を追及しようとしなかった。国民のこの態度もまた無責任だった。その無責任さが今日まで引き継がれて……」

こうやって先生への私信に認《したた》めているうちは大事《おおごと》には至りませんが、もしこういったことを活字にしたりしたら……。でも先生、こういったことを長編小説や長編戯曲にする勇気をそちらから私にお送りください。速達便をもってお願い申しあげます。

（『週刊朝日臨時増刊　司馬遼太郎への手紙』一九九九年十二月十五日号　朝日新聞社）

それは運命ではない　（『林京子全集　第三巻』解説）

あんまり恐ろしかったので、いまだに忘れることのできない国民学校時代の出来事があります。解説という枠から踏み外した不遜な文章になりますが、その恐ろしい記憶から書きはじめます。

町に松根油《しょうこんゆ》の工場ができたのは、昭和二十（一九四五）年四月でした。羽前小松町《うぜんこまつまち》……町名に松がついていることからも察していただけるように、町の中も周りを取り巻く山山も、いたるところ松林ばかり、松茸《まつたけ》の採れるところとして山形県南部では少し知られていた人口六千の旧い宿場町でした。この松林に目をつけたどこかのエライ人が町に工場をつくったのです。松の根を燻《いぶ》したり蒸したり搾ったりすると飛行機用の上質な燃料が採れるというのですが、町外れにウナギの寝床のような細長い工場ができたとき、校長先生が、私たちに、「この町で採った松の油でゼロ戦が飛ぶのです。励まねばなりませんぞ」と力をこめておっしゃって、松の根を掘るのは、私たち国民学校高学年の子どもたちの仕事になりました。その頃になるともう授業らしい授業はありません。鍬をかついで朝から松林に出かけて行く毎日がつづきました。

松は広く深く根を張っていますから、子どもにはよほどむずかしい力仕事でした。手の平のマメが二度三度と潰れたり固まったりしているうちに夏休みになりました。ある朝のこと、級長が上擦った声でいいました。

「今朝の新聞を読んだか。アメリカが落とした新型爆弾で、広島がずいぶんやられたらしいよ」

その時分の私たちは、「君たちは二十歳までには死ぬんだよ」と教えられていました。「本土決戦が近い。そのときはみんなに一個ずつ座布団爆弾が配られるから、それを抱いてアメリカの戦車の下に飛び込め。そして御国《みくに》のために敵の戦車と刺し違えるのだ」。昼休みには、掘り起こした松の根をアメリカ戦車に見立てて、そこへ飛び込む練習をしてもいたのです。

ですから、そのうちに死ぬとはおもっていましたが、新型爆弾というのは、得体が知れないだけに怖かった……というよりも、自分たちの死がこれで確定したものになったという予感をおぼえたのです。長崎にも同じものが落とされたと知ったときは、「私たちはきっとその爆弾で殺されるのだ」と確信しました。

座布団爆弾を抱えて敵の戦車に体当たりして行く自分の姿はまだまだ遠くにあって具体的に思い浮かべるのはむずかしかったのですが、工業専門学校出の先生の説明や友だちとの話から作り上げた新型爆弾のイメージはとても生々しいもので、その恐ろしい爆弾が町の上空で炸裂する光景を鮮烈に思い浮かべることができたのです。先生は、「とにかく防空壕に逃げろ。毛布をかぶれ。長袖、防空頭巾、手袋をしていれば火傷《やけど》は防げる」と、そのときのための心得を話してくださいましたが、防空頭巾はとにかく、毛布も手袋も贅沢品でとても手に入れる見込みのない私たちは、そのときいっぺんに震え上がり、中には吐く子もおりました。私も吐いた一人で、それで今も忘れられないでいるのです。それが死がほんとうに現実のものになって、田舎の子どもたちに凶暴に襲いかかってきた瞬間でした。

ここで頭に浮かぶのは、先ごろ政府が発表した「国民保護基本方針」(案)です。核攻撃を受けたときは、「避難に当たっては、風下を避け、手袋、帽子、雨カッパ等で外部被爆を抑制する」「口及び鼻をタオルで保護する」のだそうですが、今の子どもたちの中にも、六十年前の私たちのように、あまりの恐ろしさに吐いている子がいるかもしれません。

私たちが松林の中で吐いていた頃、正確には少し前の八月九日、むごい死が支配していた長崎の街を、午前十一時二分から午後八時まで九時間も逃げ回り、やがて、〈記憶にある恐怖は、逃げる途中でみた人達の悲惨な姿である。……その死の街で見たことは結局は命の尊さ……〉と書き、ただこの一点に目を据えて、あのとき、死の街で生起していた無数の悲劇を生涯賭けて命を削るようにして書き継ぎ、この時代の大切な証言者になるはずの宮崎京子(林京子)という、私たちより四歳年上の女学生がいたことは、松林の中の私たちはもちろん知りませんでした。しかしやがて大きくなった田舎の子どもは、松林の中で体感した私たちの恐怖などとは比べものにならない真の恐怖を、林京子さんをはじめとする被爆体験者たちの作物で追体験することになります。

物書きの一人として、あの松林の中で新型爆弾と聞いたときの恐怖をなんとかして作品にしたいとおもっていました。けれども、たとえば、被爆後の後遺症の不安と恐怖を抱きながら、そして、その後遺症が子どもにも伝わるのではないかと苦しみながら、自分と世界を凝視する林さんの作品を読むたびに、「私には、新型爆弾について書く資格がない。なぜなら、その作家ほどの体験もなく、そしてこの作家ほど苦しんでいないからだ」と考えました。

また、八月九日に亡くなった友だち、同級生、恩師、隣人たちの魂の鎮《しず》めのために、そして戦後六十年のあいだに後遺症を病み、絶望と苦しみのうちに亡くなっていった友だちの魂の鎮めのために、原稿用紙の面をペン先で引っ掻き引っ掻き、その傷に添ってインクを流す作業を続けてこられた林さんの仕事ぶりを知るにつれて、新型爆弾について書くことを自分に禁じてきました。

けれども、「道」(「文學界」昭和五十一年六月号)を読んだとき、私は考えを変えました。

〈九日から、次次に息を引きとっていく生徒を、無言で看とっていた校長が、

「運命ではない」とはっきり言いきった。

「このありさまが、どうして運命です。……」〉

〈「さっき僕は、不用意に運命という言葉を使ったけれど、考えてみると、これは便利な言葉でして

ね、人間の作為が明らかな行為を、僕は運命とみたくはないんでね、……」〉

林さんのエッセイからも引用します。

〈昭和二十年八月九日の被爆は、現実の私の不幸である。そして宿命でも運命でもない。人間の知恵で考え、計算された不幸である。〉(「自然を恋う」)

あの新型爆弾を落とした人間がいて、落とさせた人間もいる。つまりあの爆弾がヒロシマ、ナガサキに落ちたことについて、その責任を負うべき共犯者たちがいて、彼らは今ものうのうと生きている。これは発見でした。

また、林さんの作品に埋め込まれた叡知が、私たちにもう一つ上の、別の生き方を教えてくださったりもしたのです。その生き方とはなにか。それは林さんが、「すべての人がひとしく」というエッセイで引用してくださったラッセル＝アインシュタイン声明でいえば、こういうことです。

〈――すべての人がひとしく危機にあるのであって、もしこの危機が理解されるならば、協力してそれを回避できる望みがある――〉

このようにして、林さんの作品群を金科玉条にしながら、『父と暮せば』というヒロシマの父娘の戯曲を書くことができました。「経験していないから、ヒロシマ、ナガサキを書くことはできない」という狭いところから、林さんの作品に導かれて、私はもっと広いところへ出ることができたのです。

(『林京子全集 第三巻』 二〇〇五年六月 日本図書センター)

より鮮明になる記憶　〈石内都著『ひろしま』解説〉

いまから半世紀近く前の昭和三十七（一九六二）年八月六日の午後おそく、私は爆心地から東へ一八〇〇メートルの比治山《ひじやま》から広島市街をぼんやり眺めていた。「どうしてこんな馬鹿げたことが起きてしまうのだろうか」とつぶやきながら。

NHKの録音構成番組の構成者として広島にいたのだが、私たちが突き出したマイクの前で、原水禁世界大会が分裂し、とうとう大会宣言は出ないことになった。それでがっかりして比治山で呆心《ほうしん》していたのだ。

そのときの事情については、『年表ヒロシマ』（中国新聞社、一九九五年刊）が簡潔にこう記している。〈第八回原水禁世界大会の最終日、「ソ連の核実験に抗議せよ」と要求する社会党、総評系代表とこれに反対する共産党系、海外代表が激しく対立。押し切られた社会党、総評系の約一〇〇〇名が総退場。分裂状態のまま閉幕。大会宣言は見送り〉

海外代表の多くが社会主義国からきた人たちだったせいかどうか、「社会主義国の核はきれいで、資本主義国の核は汚い」という馬鹿げた理屈を軸に参加者たちが声高に言い争っていた。

その日のうちに十二万人を殺し、その年のうちに上記と合わせて十四万人の命を断ち、二十万人を負傷させた爆弾に、きれいも汚いもないではないか。こいつはこの上なく非道で、この上なく汚い。どこの国が落とそうと汚いものは汚い。この人たちは被爆者たちの苦しみや悲しみをまったく理解していない。その日の日録に、私はそう書きつけている。

やがてあたりがたそがれてきたので、比治山を北のふもとへ下りることにしたが、途中の小さな寺の墓地に小さな墓を見つけて立ち止まった。墓には「原爆死児童之墓」と彫られていた。その瞬間、私は、これからはいかなる政治党派からも縁を切ろうと心を決めた。ひとりの人間として、戦さで亡くなった人たちの無念さを記憶しつづけようとおもった。このことも日録に書いてある。

それからあとは、列車が広島駅に停まるたびに、車窓の外に比治山を探すようになった。正面の沖合に見えるのは安芸小富士《あき》と呼ばれる似島《にのしま》であり、はるか左手には黄金山が見える。そしてさらにその手前、意外に近いところに南北二千メートル、東西千メートルの比治山が横たわっている。その北のふもとに向かって、「記憶します、抗議します、そして生き延びます」とつぶやいて頭を下げる。そのたびになぜか切ない気持になるのが常だ。

このあいだ、取材で比治山へ行った。原爆によって輪転機を失った中国新聞社が、社員を総動員して口伝隊《くでんたい》をつくり、地元のニュースを伝えて歩いたという事実を小さな朗読劇にしようと思い、気合いを入れるために訪ねたのだが、あの小さな寺はなくなっていた。かわりに新しい高層集合住宅がそびえ立っている。もちろんあの墓もなくなっていた。時間がかけがえのない記憶をつぎつぎに消して行くが、けれどもあの小さな墓の姿は心に焼きついている。石内都さんの写真が、あの小さな墓の姿をいっそう鮮明にしてくれるはずだから、もう忘れようがない。

（石内都著『ひろしま』別冊　二〇〇八年四月　集英社）

子規はグラヴを手にはめていたか。

この秋、新宿の紀伊國屋書店サザンシアターの柿落《こけらおと》しに上演する戯曲を、いま一所懸命になって書いているところです。「場所」と「時」の設定は明治二十八(一八九五)年八月から十月にかけての四国松山。

俳諧のさかんなこの松山の二番町上野さん方の離れに下宿してる愛媛県尋常中学校(松山中学)の教員、月給八十円の高給取り(なにしろ校長が六十円)である英語教師夏目金之助のところへ、彼の親友の正岡常規《つねのり》が転がり込み共同生活を始めるというのが幕開けです。もちろん夏目金之助とは後の漱石で、正岡常規が後の子規でありますが、この仕事のために明治前半期の野球事情を調べることになりました。

御存知のように子規は大学予備門(旧制一高の前身)野球部の名捕手で、同時に名投手でした。神田順治さんの研究によると、意外なことに子規は左利きで、しかも日本で二番目にカーブ(インドロップ)を投げた人なんですね。一高寄宿舎の自室でも朝から晩までボールを握って「球を曲げる工夫をしていた」という証言が残っています。

ちなみに日本で最初にカーブを投げたのは明治初期にアメリカに留学して鉄道技術を学び、明治十年に帰国して新橋鉄道局に勤めることになった平岡熙《ひろし》技師、そして彼が日本の野球の開祖というのが定説のようです。

この幕臣出の技師は新橋鉄道局に「新橋アスレチックス」という名前の野球チームをつくり、アメリカから持ち帰ったボールを神田の西洋靴屋へ持ち込んで、それに似せて「革球」をたくさん作らせました。また、しばしばアメリカから資料を取り寄せて野球規則を勉強していました。さらに、明治十七年、松山中学を中退した子規が大学予備門英語課第四級一組に入学して漱石と同級生になった年、平岡技師はアメリカの運動具メーカー、スポルディング商会から捕手用のマスクを個人輸入したりしています。

ところで、当時の投手はコントロールが命でした。と云うのは、打席に入った打者が、たとえば、

「わたしは低めを打ちたい」

と大声で宣言すると、投手は打者のその注文通りに低めに投げないとボールを宣告されるという仕組みになっていたからです。「低め」の他に「中ぐらい」と「高め」の三つのコースがあったそうです。もちろん本家のアメリカでも、このストライクゾーンの「三区分法」が採用されていました。このやり方が廃止になったのはアメリカでは一八八七年、日本でもその二年後の明治二十二年に、平岡技師が提唱して「三区分法」を廃止しました。子規が野球に熱中していた時期はちょうどこのあたりのことです。

さて、明治二十八年、松山で漱石と暮らしていたときの子規が松山中学の後輩たちに野球を教えるとして、そのときの子規はグラヴをどう扱ったのでしょうか。そもそも四国松山にグラヴがあったかどうか。

当時の新聞や雑誌を血眼で読みました。そして分かったことはこうです。

翌年の明治二十九年、世間がわっと野球に注目することになります。それまでは学生やインテリの遊びだった野球が「国民的なスポーツ」になる。すなわち、この年の五月、横浜公園で一高野球部（正式には「第一高等中学校ベースボール会」）は横浜の外国人チーム「横浜倶楽部」に挑戦することになりました。日本最初の国際試合です。下馬評は、

「一高が圧倒的に不利。本場のチームにかなうわけがない」

ところが一高の主戦、青井鉞《えつ》雄《お》投手の快速球にその「本場のチーム」が歯が立たない。一高がなんと二九—四で勝ってしまったのです。日清戦役後の三国干渉で気落ちしていた日本全土がこの勝利に熱狂、いっぺんに野球熱が高まりました。

一方、横浜倶楽部側は、こんなはずではなかったというので、今度は逆に一高に挑戦状を叩きつけてきた。一高は今度も三二—九で退け、その次の試合も三二—六で勝ってしまいます。このときは一高校庭で行われたのですが、観衆が一万人を超えました。

外国人たちはもう口惜しくて仕方がない。一高に三度、挑戦状を突きつけてきました。しかも今度はちょうどそのとき横浜に寄港していた軍艦オリンピア号の乗組員と共同でチームを組んできたのです。乗組員の中にはチャーチという本職の投手がおりましたから、一高も今度はなかなか点が取れず、一二—一四で惜敗しました。敵方の決勝点は火を吐くような三塁ライナー。球は三塁手の指先を掠《かす》めて外野を転々。このとき初めて一高チームは、

「やはり全員にグラヴが必要である」

と痛感したそうです。つまりこのときまで日本の野球チームは、捕手以外は、素手でボールを摑む

のが普通だったのです。

こうして明治二十八年の子規はグラヴを手にはめようがないと分かりました。この秋の舞台には、たとえボールやバットやミットが出てきても、グラヴだけは登場しないでしょう。

（すぽーつ・ふらすとれいてっど22　『Ｎｕｍｂｅｒ』一九九六年五月二十三日号　文藝春秋）

◇スポーツ雑誌『Ｎｕｍｂｅｒ』での連載「すぽーつ・ふらすとれいてっど」は、一九八〇年七月二十日号から九七年三月十三日号まで断続的に八十編ある。その大半が著書に未収録。タイトルは「すぽーつ・ふらすとれいてっど」「にゅー・すぽーつ・ふらすとれいてっど」「すぽーつ・ふらすとれいてっど」などと変遷。さらに「これが実物ダイ」というものもあった。本編で触れられているのは、紀伊國屋サザンシアター柿落し上演戯曲の構想であるが、変更を重ね、最終的には間に合わず公演キャンセルとなった。

二人の漱石

正岡子規は、お話好きのお喋り屋さんで、おまけに途方もないメモ魔だった。「お話好きのお喋り屋」については、子規自身の証言がある。

〈余はとかく話しずきにて、いらぬことまで人に誇りが(ち)に話して人の嫌悪を生ずること多し、……〉（『筆まかせ』第一編）

けれども、たとえば学問上の話なぞは他人に喋った方がよさそうに思うと、子規はつづける。心に浮かんだ考えも、口へ出さなければそれっきり、それだけに止まってそれ以上進歩することはむずかしいが、その考えを口に出して思いつく理屈を次から次へと並べ立てているうちに、また一歩、考えが進んで、その先の道理を発明することがしばしばあるし、ときには喋っているうちに、飛んでもない名言を発することだってあるのだと、子規はそう信じていたようだ。

子規が希代の「メモ魔」だったことは、彼の膨大な全集が最良の証人となってくれるはずだが、そのメモ文学の極致ともいうべき『筆まかせ』の第二編に、子規と夏目漱石との友情に興味を持つ者には見逃せない「雅號」と題された文章がある。それによれば……

……自分は十数歳で雅号を「老桜《ろうおう》」とつけた。郷里の、四国松山の自家の庭に一株の桜の木があって、庭中を覆っていたので、それにちなんだのである。のちに、ある老人が、わが家が中ノ川の間近に臨んでいたところから「中水《ちゅうすい》」とつけてくれたが、これは気に入らなかったのでほとんど使わなかった。十四、五歳のころ、別の人から「香雲《こううん》」という号をいただいたので、それからは「老桜」「中水」の二号は捨てて「香雲」を使うようになった……。

香雲とは桜の花の形容だが、問題の箇所はこの先。

〈この頃、余は雅號をつける事を好みて自ら澤山撰みし中に「走兎《そうと》」「風簾《ふうれん》」「漱石」などのあるだけ記憶しゐれど其他は忘れたり。走兎とは余、卯《う》の歳の生れ故、それにちなみてつけ、漱石とは高慢なるよりつけたるものか。……然るに去歳春喀血せしより「子規」と號する故、自然と字《あざな》(子規の字は常規《つねのり》)にも通ひて其後は友人も子規と書するに至れり、……〉

子規は、松山での少年時代に、すでに自分に「漱石」という雅号をつけていたのだ。

さらに子規は、原稿の上欄に次のような注を入れている。

〈漱石は今友人の假名と變セリ〉

この「友人」というのは、もちろん、当時子規が学んでいた大学予備門(のちの旧制一高)英語科の同級生夏目金之助のことだ。

ちなみに、子規は「漱石とは高慢なるよりつけたるものか」と書いているが、もっと正確には、強情で負け惜しみが強いことをいい、どなたも御存じのように、唐時代の初学者用教科書『蒙求《もうぎゅう》』の中の、よく知られた故事からきている。

晋の武将孫楚《そんそ》が隠居を思い立ち、友人の王済に、これからは「石に枕し、流れに漱《くちそそ》がんとす」と言おうとして、ついうっかり、「石に漱ぎ、流れに枕せん」と言ってしまった。そこで王済が、「流れは枕すべきに非ず、石は漱ぐべきに非ず」と咎めると、孫楚は、「わしは耳の垢をとるために流れを枕にし、歯を磨くために石で漱ぐつもりだから、わざとそう言ったのだ」と巧みに言い抜けた。それ以来、「漱石枕流」は、負け惜しみを言ってごまかす意味に用いられる。

さて、夏目金之助は、いつごろから漱石と号するようになったのだろう。

明治二十二年(一八八九)五月、このとき二十二歳、のちの俳句と短歌の改革者は、二度目の大喀血をして、ここに子規という号が誕生する。「啼いて血を吐くほととぎす」ということばをもじってそう号したのだ。そして子規は、文体練習のために書きついでいた文集、『七草集』を金之助に見せる。これに金之助は七言絶句の批評を加えて返したが、このときに「漱石妄批」と記したのが金之助が漱石を号した始まり。事実、これ以降の金之助の手紙の署名などは、漱石一点張りである。

となれば次のような推測も成り立つはず。

「子規は、自分が少年時代に使っていた漱石という号を、喀血を期に夏目金之助へ譲ったのではないか。そうして金之助は喜んでそれを受けた」

なにしろ二人の友情には、なにか濃厚なものがある。これまたよく知られていることだが、この年の夏休み、松山に帰省中の子規は漱石へ、〈妾から郎君へ〉と書いているし、東京で子規の単位獲得運動のために駆け回っていたと思《おぼ》しき漱石の返信はこんな具合だ。

〈馬齢今日二十三歳(数えで)、はじめて佳人に我郎と呼ばる。〉

〈(ぼくの働きを見れば、あなたは)定めて、「あらまあほんとうに頼もしい事、ひよつとこの金さんは顔に似合ない実《じつ》のある人だよ」といはれるだろふと乃公《だいこう》の高名手柄を特筆大書して吹聴する事あらぁら如此《かくのごとし》。／郎君より妾へ〉

二人ともふざけ合って書いているけれども、行間に恋の思いのようなものがこもっている。

その後も漱石は、貧乏な子規のために大学ノートを買い与えたり、子規に連れられて松山を訪ねたり、帝国大学文科大学国文科を退学しようとする子規を諫めたりもする。

二人の友情が最高潮に達するのは明治二十八年の八月。子規の故郷松山で中学教員をしていた漱石の下宿へ、新聞「日本」の従軍記者として大連に赴いていた子規が、大陸土産の真っ赤な長枕を抱えてやってくる。じつは子規は帰りの船の上でまたもや血を吐いていた。そこで子規は漱石にこんな話をしたのではないだろうか。

「自分の寿命はあと何年もないだろう。これからは『写生』ということを中心に据えた俳句と短歌の革新運動を興すつもりだ。ぼくが倒れたら、君が写生精神に基づいて文章の革新を進めてくれ。以前、雅号を譲ったように、文章革新の仕事も君に譲る」

つまり漱石のあの偉大な仕事は、じつは子規から遺託されたものだった。

……ということを明らかにできれば、筆者もいっぱしの学者になれるのであるが、どうもそうは行かないので困る。じつは漱石には次のような談話があるのだ。

〈小生の雅号は、少時蒙求を読んだ時に故事を覚えて早速つけたもので、今から考へると、陳腐で、俗気のあるものです。〉（「文壇名家雅号の由来」明治四十一年「中学世界」所収）

二人はどうやら小さいときに、漱石という雅号を別々に思いついていたらしい。今度も見事に学者になり損ねてしまった。

（ニホン語日記63『週刊文春』一九九六年六月六日号　文藝春秋）

子どもを玩具にすべからず。

明治四十四（一九一一）年といえば、大逆事件の被告たちに死刑が執行された年であるが、その年の夏、東京朝日新聞が「野球とその害毒」という題名で前後二十回にわたる連続記事を掲載して天下に論議を呼んだ。この記事の体裁は、いってみればアンケート特集のようなもので、全国の中学校長に「野球に害ありやなしや」を訊ねて百四十四人の回答を得、それを連載したのである。

「利あり」とする校長はわずかの七人、あとの百三十七人は「なんらかの害あり」と答えた。「盗塁だの、スクイズだのと、野球は相手をだまして詐欺を行なうのを奨励するかのような遊戯である」

という回答が圧倒的に多かった。中には、

「ボールを受け取るたびに、その衝撃が脳に響き、それゆえ頭が悪くなる」

という珍答を送ってきた校長もいる。

もちろん朝日は「野球に害毒あり」ということを読者に知ってもらおうとして、このような連続物を企てたのである。

ところで当時の東京朝日には夏目漱石が関係していた。正確には客員社員として文芸欄の面倒をみていた。漱石の親友であった正岡子規はこのときはすでにこの世の人ではなかったが、その子規が旧制一高時代、野球を熱愛していたことは漱石もよく知っていた。

なにしろ子規は、日本で最初に野球小説を書き、野球和歌を詠んだ人だ。しかも死球、満塁、飛球、四球、打者、走者などの野球用語はみな子規、苦心の訳業である。亡き友のこよなく愛した野球を、自分が肩入れしている新聞が「害あり」と報道することを知ったときの漱石の心境というものは(このへんは筆者の想像であるから、与太だと思って読み飛ばしていただいて結構)哀しさ、淋しさで一杯だったろう。もっとも、この東京朝日の親会社に当たる大阪朝日が四年後の大正四年に「全国中等学校優勝野球大会」を主催するのだから世の中は分からない。

さて、今年の春の選抜高校野球大会から、日本高校野球連盟(以下、高野連)は、投手の牽制偽投によるトリックプレーを禁止した。

たとえば、今、敵の走者が三塁と二塁にいる。投手は二塁へ牽制の偽投を行なう。二塁のカバーに入った二塁手、あるいは遊撃手が転んだり滑ったりして(そう見せかけて)、その牽制が悪送球になったと思わせる。つまり敵の走者を騙して塁から離れさせる。で、離れたところを見計らって、今度は本物の牽制球を投げて刺す。

読売新聞(三月二十八日付)によると、高野連の理事会は、

「これは相手を陥れることを前提に、練習しなくてはできないプレーだけに問題がある。高校野球が目指すべき理想からかけ離れている」

ということで全会一致で禁止を決めたという。このプレーがあった場合は、球審と主催者から厳重注意をし、無効とするそうだ。馬鹿ですな。

相手を陥れようと謀ることがいけないなら、野球は野球でなくなるでしょうが。たとえば投手の配球も敵の打者の裏をかくことで成り立っている。直球で行くと思わせてカーブを投げる、内角を抉《えぐ》ると見せて外角を衝くなど、投球術とは詐欺行為の一種である。打者はそれを読み、もっと高度な詐欺で敵の詐欺行為を打ち砕く。また、あらゆるサインプレーはすべて相手を陥れるために行なわれる。そうはさせじと向こうもこっちもその裏の裏をかく。それが野球というものだ。

あるいは隙を狙って次の塁を盗むなぞは窃盗の一種である。走者がスパイクで脅しながら滑り込むのは強盗である。重盗なぞは連続強盗事件だ。しかし野球にはボールというものがあるから、そのボールを窃盗や強盗より早く塁に送ることができれば、盗賊どもは御用になる。このように一事が万事、野球は敵を陥れることを基本に成り立ち、そうはさせじという工夫を土台に出来上がっているゲームだ。だからおもしろいのではないか。だいたいが詐欺行為を見張るために審判がいるぐらいなのである。それが分からない高野連の理事諸君なぞ、明治末年の校長先生より因循姑息である。

そのうちに御連中は、投手がカーブだのフォークだのを投げるのも卑怯であると言い出すのではないか。それなら甲子園をバッティング・センターに改造して、機械に直球だけ投げさせることだ。大会の名称も「全国選抜高校直球バッティング大会」とするがよかろう。

「高校野球が目指す理想」ですって。そんな理想があるなら、どうして高校生投手に三連投、四連投というような苛酷な仕事を強いるのだろう。どうして準決勝の前に一日、休日をはさむという大人の優しさを持とうとしないのだろう。このところの優勝投手でその後、大成した選手はいないじゃないか。彼等はみんなあなた方の「営業政策」で肩を壊し、一生を棒に振っているのだ。子どもを玩具にするのもたいがいにしたらいい。

（すぽーつ・ふらすとれいてっど20『Ｎｕｍｂｅｒ』一九九六年四月二十五日号　文藝春秋）

兄弟対決になにが必要か。

江戸歌舞伎最後の大狂言作者、河竹新七（のちに黙阿弥）の父親は湯屋株《ゆやかぶ》の売買が渡世であった。湯屋株売買の仕組みは、その大前提に、江戸の風呂屋の数を幕府の役人が決め、それが株になっているということがある。だれであれ、風呂屋を開業したいと思う者はこの湯屋株を手に入れなければならぬ。

たとえば、今、甲という者が湯屋株を買って風呂屋を開業したとする。ところが株を買うので精一杯、資金不足で外回りや内回りに手をつけることができなかった。新規開業とは云うものの、相も変わらず焚き口からの煙や湯垢で全体になんとなく黒ずんでいる。湯桶の箍《たが》も緩んだまま。天井裏の鼠もそっくり居ついている。要するにちっとも代わり映えがしない。

御存じのように、風呂屋の二階は「町の社交場」でもある。簡単な飲食もできれば、将棋を指して遊んだりもできる仕掛けになっている。資金のない甲は二階の世話焼き女にいい娘を雇《こ》うことができない。そこでこめかみに膏薬かなんか貼った古女房で間に合わせている。こういう風呂屋は、はやりませんね。

前の持主にしたところで、客が寄って来ないからこそ株を売りに出したわけで、もともと客が来ないところへこの有様、閑古鳥はいっそうやかましく啼き、湯船のざくろ口には蜘蛛の巣が張り出す始末。

湯屋株の売買業者はこういう風呂屋に目をつける。甲の足もとを見て湯屋株を安く買い叩き、経営権を手に入れる。そうして、うんと金をかけて美々しく改装してしまう。さらに湯桶を新しくし、ざくろ口を欅材のいいのに代え、黄ばんだ畳の代わりに青畳を敷き詰め、天井を張り替えて鼠を追い払い、板前に腕利きを連れてきてよく研いだ庖丁を持たせ、深川、柳橋、湯島あたりから、事情があってその土地に居辛くなった芸者を誘って世話焼き女の頭目に据え、端女《はしめ》のはしばしまで器量のいい娘を揃える。

こうなると、放っておいても客がくる。半年後には、「江戸でも一二を争う、はやる湯屋」という評判が立つ。いわば金のなる木が一本生えたわけ。

湯屋株の売買業者は、このように不人気の風呂屋を買い入れ、そこへいろいろ手を入れて、最流行

には、

の風呂屋に仕立てあげるのが仕事である。そしてこの風呂屋を他へ転売して利鞘を稼ぐ。当時の資料には、

「五十両で買った湯屋株を、三百五十両で転売した」

といったような記述がごろごろ転がっているが、黙阿弥の父親は、今の言葉で云えば、風呂屋再建《リストラ》の名人、それでお金を稼いでいたわけである。

大相撲の年寄株制度については、正直なところ、江戸の湯屋株ほどの知識はない。そこでこれから書くことには見当ちがいがあるかもしれないが、それはお許しいただいて、今、大相撲の年寄株は全部で百と五つある。これに一代限りの年寄株が二つで、合わせて百と七つ。一代限りの年寄は元横綱の大鵬と北の湖。もとより一代限りの年寄株は例外的措置であるから、正式な年寄株は百と五つである。そのうち百と四つまでは埋まっていて、空きは「錣山《しころやま》」ただ一つ。

ところで、筆者は、昨年の貴乃花と若乃花の兄弟対決を見て、大相撲への興味をほとんどなくした。もっと正確に云うなら、あの兄弟対決についての世間の評判というものにすっかり白けてしまったのである。

「辛かったでしょう」

弟を倒して優勝した兄に、世評を背にしたアナウンサーが云う。それへ兄は、

「……ええ、二度とやりたいとは思いません」

と答え、アナウンサー氏は、

「そうでしょうねえ」

と感傷的な相槌を打つ。なんだか居ても立ってもいられないような恥ずかしさを覚えた。なんの弟思いの兄と、兄を慕う弟とが対決しなければならなかったのは、相星《あいぼし》だったからである。なんの理由もなく兄弟が戦わなければならないのなら、「辛いでしょう」は通るだろうが、二人は自分の意志で、共に相撲で生きる道を選んだはず。とするならば兄弟が敵味方となって戦わねばならぬときもあろうし、それも二人が白星を積めば積むほど、兄弟対決は必須のものとなるはずで、それがいやなら互いにちがう道を選べばいいのだ。ところが世評は、兄弟対決などあってはいけないという風に考えているみたいで、その世評に後押しされたのか、対決は力の入らない凡戦で終わり、それ以来、大相撲がつまらなく思えてきたのである。あれはプロとして恥ずべき相撲だった。

今、筆者を大相撲に繋ぎ止めているのは、元大関の霧島と小錦の奮闘だけだと云っていい。体力と技術のつづくかぎり土俵を捨てないなんて偉いじゃないですか。ところが、このプロの鑑《かがみ》ともいうべき二人に、いまだに年寄株がないらしい。あのプロ精神が、たとえば、これから何番もあるはずの兄弟対決には必要なのだが、なぜか協会側にその精神を取り込もうという熱意がない。湯屋株の売買ほど、事は単純ではないだろうが、二人の元大関に年寄株を持たせることはできないのか。このまま放っておくようなら、もっとうんと大相撲を嫌いになってやるぞ。

（すぽーつ・ふらすとれいてっど15『Ｎｕｍｂｅｒ』一九九六年二月十五日号　文藝春秋）

お話上手な俗天使――太宰治が読みやすく　おもしろい理由

「私小説」という文学用語に、これまでいろんな定義がなされてきました。文学辞典などに云わせると、

「小説家が自分の身辺に起こった出来事を、虚構を交えずに、そのまま記述したとおぼしき散文で、大正の中期から後期にかけて現れたもの」

佐藤春夫に注釈を仰げば、

「それは小説家の些細《ささい》な体験の記述ではなく、みんなが共感をもって読むような人生のドキュメントである」

中村光夫に援軍を求めれば、

「コトを書かずにココロを書くもの」

石川淳に教えを乞うなら、

「それは外へ出す虚栄心のことである」

その他、

「それは私語りである」

「それは自分探しである」

以上をごちゃごちゃに混ぜた上で、その上澄みを汲《く》み出すと、私小説を書くという営みは、どうや

ら次のようにまとめることができそうです。

「自分のココロの中で起きたことを、自分をよく見せよう（あるいは、悪く見せよう）という虚栄心を噴射力にして外部へ取り出し（つまり、表現し）、同じようなココロをもった読者に共感をもって読んでもらうこと」

かえって話がややっこしくなったような気もしますが、とにかく右の定義に照らして云うなら、太宰治は明らかに私小説家でした。太宰自身も、こう云っています。

〈私は市井の作家である。私の物語るところのものは、いつも私といふ小さな個人の歴史の範囲内にとどまる。〉（『苦悩の年鑑』）

しかし、少なくとも次の二点で、彼は私小説の定義枠を大きく拡げました。あんまり拡げすぎて彼が私小説家かどうかも分からなくなってしまったぐらいです。

まず、自分を人間の弱さ優しさゆえに愚かに生きざるを得ない存在とみたこと、同時に自分と同じように弱さ優しさゆえに愚かに生きざるを得ない人たちを見守る俗世界の守護の天使におのれを仕立て上げたこと。ここが彼の小説を書くときのエネルギーの起点です。

それればかりではなく、彼は、自分の弱さ、優しさ、愚かさに気づかないふりをしている人間たちを「俗物」とみて、俗天使の立場から、終生、その俗物を敵としました。これが太宰文学の特徴です。

これにはもちろん聖書の影響もあるでしょうが、筆者は、太宰はこの主題をチェーホフから引き継いだのではないかと考えています。御存じのように、円朝の落語本とならんで、太宰の愛読したチェーホフの作品集は、その四百編近い小説や戯曲を通してたえず、低いが勁《つよ》く、こんな旋律を奏でていました。

「人間というものは、若いころ、かならず『新しい生活』をめざすが、しかしその貴い気持ちは、日常の生活の中で刻々すり減って行き、いつしか人はただの俗物になってしまう。哀しいかな、これが人間というものだ。しかし、いつの日にか、きっと……」

太宰はこの旋律に鋭く反応して、新しい生活に踏み切るかどうかで思案する弱くて優しくて、愚かな人たちを声援する俗天使になったのではないか。

よく太宰文学をさして、したり顔で、

「あれはいわゆる青春文学ですね、大人には恥ずかしくて読めない代物だね」

そう云う人がいますが、それはその人が押しも押されもしない立派な俗物になってしまったあかしかもしれません。俗物には、俗天使太宰の一言一句がこわくて仕方がないのです。

太宰はたしかに、俗天使としての「私」を語った。しかし、その語り方は空前絶後のものでした。これが第二の特徴です。紙幅がありませんし、他のところに書きもしましたので、簡単に記しますが、太宰の語り方には調子がある。

その調子というのは、祖母と一緒に唱えたお経、叔母から聞いた昔噺《ばなし》、女中の語る地獄の説明（それはイタコの唱えごとに近かったでしょう）、父の建てた芝居小屋で聞いた歌舞伎の台詞《せりふ》、高校時代に凝った義太夫節、落語、七里カ浜心中の直前に三つも四つも観て回った大好きな新劇など、「日本の語り物、喋《しゃべ》り物の総合」ともいうべき調子。もっと云えば、日本語を用いて聞き手を心の芯《しん》から話に巻き込む技術を、太宰は人びとの伝統、芸能、芸術から借用して総動員した。ひと言で云えば、それゆえに太宰の文章は日本語による語り物と喋り物の魅力を満載するものとなりました。しかもその調子をもって、彼は語って喋るように書いた。だから太宰の小説は読みやすくおもしろいのでしょう。

太宰治の第一創作集『晩年』の発行部数は六百部でしたが、いまでは彼の文庫本が何千何百万部にも達しています。それは罪の意識をもたぬ者や決して傷つかぬ者が、年々その数をましていることと無縁ではないはず。弱く優しく、愚かな人間たちにとって、お話上手な俗天使が世の俗物どもと戦う有様を、彼の作品でたしかめることが救いになっているからではないでしょうか。


（『毎日新聞』夕刊　一九九八年六月二十三日）

劇場に燃える火

いささかでもお客さまのおこころを動かすことができたら、うれしい、時間とお金を割《さ》いてよかった、観にきたかいがあったよと云ってくださるようなら、なおうれしい、大入り袋が何枚も出たら、もっとうれしい。わたしたち芝居に係わる人間は、いくつかの「うれしい」を励みに、根気よく仕事をしておりますが、なかでもうれしいのは、続演あるいは再演です。続演について云えば、日本の演劇環境はまだそこまで円熟していませんから望むべくもありません。いまのところ、わたしたちにとって最高の勲章は、お客さまから、あるいは劇場から、「再演を」という声がかかることです。

ですから、新国立劇場の柿落《こけらおと》しに上演された『紙屋町さくらホテル』を再演したいという申し入れのあったときは、よほどうれしくて、三日は眠れませんでした。たぶん、あのとき、突貫工事のようにしてこの作品の成立に参加なさった同志のみなさんも同じ思いをなさったはずです。そしていちばんうれしくお思いなのは、当時の芸術監督で、この作品を演出なさった渡辺浩子さんではないか。

ここからは、私ごとに近くなりますが、あのときまでは、「死力をつくす」という成句《せいく》を、小説や戯曲のなかで便利に使っていました。しかし、『紙屋町さくらホテル』の初演を機に、この成句を使うことをひそかに禁じています。死を見つめながら、気魂《きこん》をつくして稽古場に立っていた浩子さんの姿を思うと、そう簡単にこの成句を使ってはいけないという自制心がはたらくのです。

日ごとに抜け毛と白髪が目立って行く頭を烈しく振って稽古をつけながら、あのころの浩子さんは、たしかに祈っていました。人間が発明した最古の表現形式である演劇の、その底深い力が、この国初めての、市民をパトロンにした常設劇場、つまりこの新国立劇場にも宿れと、狂おしいほど必死に祈っていました。

彼女が死力をつくして点《とも》した火は、次の芸術監督の栗山民也さんへみごとに引きつがれて、いまや広野を焼き尽くすような勢い、その証拠に、最近の新国立劇場が世に問う作品は、いたるところで高い評価を得ています。そのことは自作以外は観ることをしないわたしなどより、むしろお客さまの方がよくご存じでしょう。

再演のための稽古場で、わたしはたえず浩子さんの祈る姿を思い浮かべながら、俳優のみなさんと力をあわせ、また共同演出の山下悟さんのこの上ない助力も得て、初演のときの彼女の演出プランをできるだけ忠実に再現することに力めました。また、今回新たに参加してくださった宮本信子さんの存在が、渡辺プランを新しく蘇らせもしたと思います。

さあれ、これからご覧いただく芝居が、もしお客さまのおこころを揺すぶったとすれば、それは、浩子さんの点した火が、この劇場のいたるところに燃えているということの証《あかし》です。間もなく幕が開きます。どうぞその火をおたしかめください。

（『紙屋町さくらホテル』公演プログラム　二〇〇一年四月　新国立劇場）

◇新国立劇場演劇部門芸術監督であった渡辺浩子は、一九九七年『紙屋町さくらホテル』を演出した翌年に、六十二歳で亡くなった。

吉野作造と鞍馬天狗

ちいさい頃に切ないほど憧れた英雄が二人いて、一人は宮本武蔵であり、もう一人が鞍馬天狗だった。七つ八つだから文字で読んだわけではなく、徳川夢声のラジオ朗読で宮本武蔵が、嵐寛寿郎の映画で鞍馬天狗が好きになったのだ。昼は、武蔵が弟子の伊織《いおり》にやらせた修業を真に受けてそのへんの植木を飛び越えて歩いて向かいのおじさんに怒られたり、夜は、風呂敷の覆面頭巾に物差しを振りかざして近所中の家の中を走り抜けて隣のおじさんに叩かれたり、たいへんな熱の入れようだった。もちろん狂っていたのはわたしだけではない、町の男の子のほとんどが、夜は覆面頭巾で走り回っていたのである。覆面をしたまま床に入って母に叱られたりもした。

やがて文字を識って原作を読むようになり、宮本武蔵からは戦国時代から徳川体制へ移行する時期の雰囲気を、鞍馬天狗からは維新前夜の権力争いの基本的な動静を学んだ。後に人並みに日本史をかじって、かなりの訂正が必要になったが、とにかく時代小説がわたしたちの歴史教科書だった。この機能は現在も変わっていないだろう。時代小説群は、作者の歴史観や人間観によって多少の偏りは出来るものの、これらはとてもおもしろい歴史書であり、たいていの日本人はこれらによって歴史の教養を得ているわけだ。

じつをいうと、活字で鞍馬天狗を読んだとき、ずいぶん戸惑ったもので、なにしろ映画とちがって活字の天狗は、まったくといっていいほど、相手を殺さないのである。なぜだろうと考えるうちに時はたち、こんどは高校で吉野作造と出会った。

吉野作造は、わたしの入った高校の、ごくごく初期の卒業生で、生涯、学費というものを払ったことがないという極付き折紙つきの秀才である。わたしたちの学校から、旧制二高を経て東京帝国大学に進んだが、どこでも特待生の資格を得て月謝を免除された。

もっと正確にいうと、寺子屋式の古川尋常小学校(宮城県古川町、現在は市制)に入学するときに酒一升、宮城県尋常中学校(のちの仙台一中、現在の仙台一高)に入学してから一年間だけ月謝を払っただけ、どこへ行っても首席で、どこででも学費免除になった。ついでにいえば、真山青果は仙台一中から旧制二高にかけて吉野の同級生だったが、こちらは月謝を払ったその他大勢組である。

出身校という縁《ゆかり》で、わたしたちの高校図書室の書架は吉野作造の著書を三十数冊も並べていた。ちなみに彼の著書は没後に発行されたものを入れても四十四冊、だからあの昭和二十五年の図書室はかなり充実した吉野文庫を所有していたことになる。

むやみに数字が顔を出してずいぶん読みにくい文章になったが、ちょうど今、吉野作造の評伝劇の準備をしているところなので調べたことをこうやってすぐ書いてしまうのである。また古川市にある吉野作造記念館に多少、関係してもいるので、この人のことになると、突然、筆に熱が入ってしまう。彼のことなら、どんな細かいことでも知っていただこうと思い詰めてしまうのである。どうかお許しねがいたい。

高校の図書室で吉野作造の著書をひと渡り読んだが、そのころはなにも分からなかった。いまでも覚束ないが、大正デモクラシーを牽引した彼の思想を一言でいえば、〈憲法を武器に、議会や政府を通して、ゆっくりと民本政治を実現して行こう〉ということになるだろうか。おだやかで健康な思想である。しかしその裏には、〈憲法によって君主の権限を抑える〉という、当時としては危険な刃を隠してもいた。やがて無政府主義者や社会主義者たちが、

「吉野の思想は穏健すぎる」

と云い出した。

議会や政府そのものを転覆しなければ人びとの時代は来ないのだと批判されて、吉野の思想は旧いものになった。

ここで彼の年譜をみると、大正三年(一九一四)三十七歳で、東京帝国大学法学部(当時、法科大学)教授になり、政治史講座を担当したとなっている。大正デモクラシーの出発を告げた論文、「憲政の本義を説いて其有終の美を済《な》すの道を論ず」が発表されたのは二年後の大正五年(「中央公論」新年号)である。

さて、ここが大事の中の大事であるが、さらに二年後の大正七年四月、二十一歳の大佛次郎が旧制一高から、吉野作造のいる法学部政治学科に入学してきた。六年後に鞍馬天狗を書くことになるこの法学部学生は、当然のことながら、吉野作造の講義を聞いたはずである。

のちに大佛次郎はこう書いた。

〈……(私の主義から云っても、鞍馬天狗に)相手に向って腕力を用いたり腰の刀に物を言わせようとしたことがない……〉(「鞍馬天狗と三十年」サンデー毎日・一九五四年十一月中秋特別号)

鞍馬天狗の穏やかさは吉野作造の穏健さに通じてはいないか。

〈三十年間に、私の、その時々の考え方や見方は、鞍馬天狗にも伝染していた。〉

この法学部学生は吉野作造の考え方や見方に伝染していなかったか。もっといえば、吉野作造の考え方や見方が、大佛次郎という名媒介者を経て、鞍馬天狗に伝染していたのではないか。

もちろん、大佛次郎の年譜には一致して、「芸文《げいぶん》のディレッタントとして過し、在学三年のうち教室に出たのは一カ月ほどであった」と書いてある。どの年譜も沢寿郎さん作製のものを基礎にしているようである。沢さんに含むところはないが、大正民本主義を牽引した政治学者と鞍馬天狗の作者との係わり合いを別に調べ上げて、両者に密な交流があったかどうかを突き止めたい。そしてそれに成功したい。わたしは吉野作造の評伝劇に覆面頭巾の鞍馬天狗を颯爽と登場させたくて仕方がないのだ。

(『國文学　解釈と教材の研究』二〇〇二年十一月号　學燈社)

道元とその時代

永平道元《えいへいどうげん》(一二〇〇—五三)の生きた鎌倉時代中期の日本は、慢性的な飢饉に悩まされていました。とりわけ道元が南宋《なんそう》留学から帰国したころの日本は天候異常の真っ只中、長雨や大雨がつづき、あちらこちらで洪水が起き、寒気による冷害が重なって、人びとは疫病に苦しみながら、その日の糧《かて》にも事欠くありさま。その上、数年後にはこんどは日照りの夏が繰り返され、やはり収穫はごくわずか。夜空には凶凶《まがまが》しく流れ星が飛び交い、夜が明ければ大きな地震が寺社や民屋を崩す。

そのころの記録は、人口の三分の一が失われたと書いています。当時の人口はおおよそ三千万人といわれていますから、じつに一千万前後の人びとが天災地変のために亡くなってしまったのです。ちなみに、道元とは同時代の歌人で、『新古今集』の撰者の藤原定家《ふじわらのさだいえ》(一一六二—一二四一)はその日記に、餓死者が京の街路に充満して屍臭が家の奥まで流れ込んでくる、と書きつけています。

もちろん朝廷や幕府は止雨《しう》や降雨を神仏に祈願しましたが、なんの効き目もありません。人びとが、既成宗教の仰々しい祈禱儀式では助からないと思いかけたところへ、新しい仏教がいくつも現われました。それがたとえば、親鸞(一一七三—一二六二)のお念仏であり、道元の専修座禅であり、そして日蓮(一二二二—八二)のお題目でした。

これらの新宗教に共通するのは、簡潔簡便さです。お念仏やお題目を唱えれば救われる、座禅に徹すれば悟りが得られる。効き目がないのに仰々しく格好をつけた教えよりも、簡潔簡便に生き方を説く新仏教に人気が集まったのは当然のことでした。既成宗教側は「そんな安直なやり方で人が救われるか。そんなものは狂気以外のなにものでもない」と怒り狂っても、今日飢えるか明日は疫病で死ぬかという瀬戸際に立たされていた人びとには通用しません。

日本が高度成長期の真っ盛りにあったころ、「公害を出してはいけない、異常な成長はやがて地球を滅ぼす」と説く人びとがいました。彼らは、最初のうちは、「狂気の沙汰だ。みんなの生活が豊かになって行っているというのに、なんというアマノジャクだ」と叩かれていました。この『道元の冒険』は、それらの狂気の人びとに加担するために書かれた戯曲です。つまり公害反対を叫ぶ人たちと親鸞や道元や日蓮を重ねてみようと試してみたのです。だからといって先見の明を誇っているわけではなく、どんなときも少数意見に味方するという困った癖が、作者にはあるのです。

しかし、戯曲の出来栄えといったら、それはもう最悪最低でした。くどい、力みすぎ、説明過多、その他もろもろ。そのせいで、とにかく長すぎます。そこで、『道元の冒険』なんて作品、だれが書いたんだと白っぱくれてきましたが、尊敬する蜷川幸雄さんと親切な東急文化村のみなさんが、「たしかこれはあなたの作品だと思いますよ」と言ってくださった。その言葉の裏に、「気に入らないところがあったら書き直せばいいじゃありませんか」という意味を勝手に読み取って、思い切った大改修をほどこしました。

あとはこの改修工事がうまく行ってくれますようにと願いながら、ありがたいお客さまの中にまぎれて、蜷川さんやスタッフの方がたや俳優のみなさんが稽古場で流した汗の尊さを感じ取るばかりです。

（『道元の冒険』公演プログラム　二〇〇八年七月　シアターコクーン）

源内焼のおじさん

レオナルド・ダ・ヴィンチ的な才能を持て余してついに狂死した江戸中期の才人平賀源内を主人公にして、この戯曲を書いたのは昭和四十五年(一九七〇)の初夏である。その頃はまだ平賀源内の名はそう広くは知られていなかったから、「平賀源内って誰?」「なぜ源内?」とよく訊かれたが、たいした動機があったわけではない。ただこの人がかわいそうだっただけだ。それに少年時代に「掬粋巧芸館《きくすいこうげいかん》」という陶磁器を蒐《あつ》めた蔵《くら》を遊び場にして毎日のように源内焼《げんないやき》を目にしていたので、かわいそうな思いが余計に募《つの》ったのだろう。

その蔵は、山形新幹線を米沢駅で下《お》り、米坂《よねさか》線に乗り換えて五つ目の羽前小松《うぜんこまつ》駅からさほど遠くはない清流のほとりにある。川沿いに元禄期に創業の樽平《たるへい》酒造という大きな造酒屋《つくりざかや》があって、代々の主《あるじ》が内外の陶磁器をこつこつと買い集めて慈《いつく》しんでいたが、やがて蔵一棟を丸ごと改造して蒐集品を並べ、町の人たちにも陶磁器を愛《め》でる愉しみを頒けるようになった。この蔵の名が掬粋巧芸館なのである。

国宝こそないけれど重要文化財級の名器がいくつもあるので、敗戦直後は井伏鱒二さんのような小説家が何人も見学にきて何日も逗留していた。先生方《がた》のお目当ては陶磁器だけではなかったらしい。お酒と白い御飯《ごはん》の香に誘われたところもあったようだ。いまもひっきりなしに県の内外から見学客が訪れているが、時代が変わったので、純粋に鑑賞なさる方たちばかりである。

私の家はこの蔵の近くで薬局兼文房具屋をひらいていた。樽平が本家《ほんけ》でもあり、現在のご主人とは同級生でもあったので、蔵とその周《まわ》りでよく遊んだ。天日《てんぴ》で乾かすために並べた巨《おお》きな仕込み樽の列でかくれんぼをしたり、酒粕《さけかす》をちょろまかして酔っぱらったり、たまに酒樽を勉強部屋にして鶴亀算《つるかめざん》や旅人算《たびびとざん》を解いたりしていた。掬粋巧芸館の自慢の一つが柿右衛門のコレクションで、ガラス戸棚に赤絵の茶碗が礼儀正しく並んでいて、最下段に葉書大の源内焼が何枚か飾ってあった。

遊び疲れると蔵の床にごろりと横になる。そうすると顔のすぐ横に、

「源内焼。明和八年、平賀源内先生が海外へ輸出する志《こころざし》のもとに製造された陶器」

という説明書きがくる。それを見るたびに、(この源内焼が鯛焼《たいやき》だったらいいのになあ)と思った。こうして頭のどこかに《源内》という名がくっきりと焼印されたわけだが、その後いろんな本を読むようになって、この平賀源内が熱烈な愛国者だったことがわかってきた。

愛国者には二《ふた》色ある。理由もなく日本はえらいとただ威張るだけの愛国者と、このままでは日本はえらいことになると心配する愛国者。むろん源内先生は後者のほうである。その頃の日本は海外からいろんなものを買い込んでいた。それはそれでいいのだが、その代金として日本の金銀が国外へ流出して行く。このままでは日本は貧しくなるばかり。そこで源内先生は、「自分の周りをよく見よ」という。「薬草にせよ鉱物質の絵具《えのぐ》にせよ羅紗《らしゃ》にせよ、こうすれば自給できるではないか」

——だが、彼の時代は源内先生を理解できなかった。彼は時代のちょっと先を走っていたのだ。そればかりではない。彼の時代は、彼を「山師《やまし》」と呼んだ……。かわいそうに。

熊倉一雄さんから新作を依頼されたとき、この〈源内と時代との関係〉を〈知識人とその時代との関

係〉に置き換えて力まかせに書いた。「あの源内焼のおじさんがかわいそうに」という思いに溺れて力が入りすぎたらしい。

このたび兄事《けいじ》する蜷川幸雄さんの示唆《しさ》をいただいて、力の入りすぎでできた沢山の凸凹《でこぼこ》を削ったり叩いたりして均《なら》したが、それでもやはり不恰好なところは不恰好なままでのこってしまった。けれどもあの白熱の稽古場がお客さまの鑑賞に十二分に耐え得る舞台に鋳直《いなお》してくださるにちがいない……などとは虫のいい言草だが、ただそのことだけを祈っています。


（『表裏源内蛙合戦』公演プログラム　二〇〇八年十一月　シアター・コクーン）

開幕を待ちながら

三十四年前、この戯曲を書いたころは、書かれた戯曲と、それが実現された舞台とのあいだにそれほど違いはないと思い込んでいました。戯曲を読めばどんな舞台になるか、おおよその見当がつくと考えていた。いわば高《たか》を括って舞台を観ていた。チェーホフの「医者が本妻なら、戯曲は愛人」という言葉を借りるなら、わたしには「小説が本妻で、戯曲は愛人」でした。言葉（戯曲）が主人で、舞台はその従者であると思っていました。

ところが、木村光一さんが演出してくださった初演初日の舞台を観ているうちに、この思い込みは木っ端微塵に砕け散ってしまった。舞台では演出家と俳優と観客が主人であって、戯曲はその従者にすぎないと思い知ったのです。深い闇の底を鋭く按摩の笛が切り裂き、その闇の中から盲人たちが歩み出るのを目にした瞬間、映画にも小説にもないもので、なにか特別なものがここにはあると、はっきり知りました。面倒な演劇用語を使えば、〈演劇的時空間〉というものがここにはあると分かったのです。

軽い気持でト書にした「舞台は綱で縦横に仕切られている」という一行が、見よ、いまや盲人たちの日常生活を四方八方から規制する厳然たる現実になっている。舞台とは物凄いものだ、力強いものだ、趣味的に戯曲を書いていてはだめだ、本気で舞台を勉強しなくてはだめだと、客席の暗がりの中で唇を嚙みしめていたのを、いまでも覚えています。こうして『藪原検校』の初演初日の舞台はわたしの転機の一つになりました。つまりそのときから本腰を入れて芝居の勉強を始めたわけですね。もっともそれからは芝居にのめり込みすぎて、もう三十四年間も戯曲が本妻で小説が愛人のような日々を送っておりますが。

演出家によって、一つの戯曲がまったく別のものになることも分かってきました。そういえば、スタニスラフスキイはよくこういっていたそうです。

「ハムレットを、亡き父の思い出に敬意を払いたいという演出意図で舞台にすれば、それは『家庭劇としてのハムレット』になります。また、亡父の仇を討ちたい一心の青年がいるという意図で舞台にすれば、それは『仇討ハムレット』になります。わたしならば、自分の存在の意味と秘密を知りたい青年として、ハムレットを演出しますがね」

ちなみに、ダンチェンコとともにモスクワ芸術座を築き上げた、この名演出家のスタニスラフスキイは名優でもありました。けれども演技しながら考えごとに熱中する癖があって、しょっちゅうとちってていたそうです。チェーホフの妻でモスクワ芸術座女優のクニッペルが夫にこうしたためています。〈きのうは『どん底』のお稽古をして、また上演しました。スタニスラフスキイがおおいに笑わせました。ルカのことを、やい、婆さん！　って呼んだのです。ものの見事にせりふをとちるのです〉（一九〇三年二月七日付。牧原純・中本信幸訳）

初演から三十四年間、念入りに手掛けてくださっていた木村光一さんのお許しをえて、この戯曲を蜷川幸雄さんにお委《ゆだ》ねすることにいたしました。木村演出では大らかな重喜劇として実現していた舞台が、蜷川演出ではどうなるのか。こんどはどんな勉強ができるだろうか。観客席の片隅で、わたしはわくわくしながら開幕を待っているところです。

（『藪原検校』公演プログラム　二〇〇七年五月　シアター・コクーン）

作家　井上ひさしの手紙

壱　七月四日

台本直しに時間がかかってしまい、本当に申し訳ありません。蜷川幸雄さんという大変な才能の持主に演出していただくのだし、飛んでもなく豪華な配役を組んでくださっているのだし……と少し張切りすぎて、新作のときより硬くなってしまいました。直しは今夜中に終ります。ただ、記者会見に出席いたしますと、今夜中が明日中にということになってしまいます。すべてを蜷川さんや加藤さんや大宮さんにゆだねて、家で直しを完成すべきだと考え、この手紙をしたためました。ちっとも役に立たなくて申し訳ありません。でも、直しの完成は明日になってもよいから出てこいとおっしゃるのでしたら、秘書の小川さんにそうおっしゃってください。十時半に起きればなんとかなりますが。
蜷川さん、スタッフキャストの皆様になにとぞよろしくお伝えくださいますように。

井上ひさし拝

弐　七月十一日

昨日、直したページをお送りいたします。直しの基準は①登場人物と場面をそっくり削らないこと②しかし、すべてにおいて簡潔にすること(相当削りました)③唄を短かくすること④無意味なエロを削ること(当時は、エロに意味があったのです)⑤台詞を磨くこと……そんな基準で直しています。ところで小生ほかの締切と行事で追い込まれております。十三日後半～十四日夜、十五日夜は直しができます。終わるのは十六日(土)朝でしょうか。ご迷惑をかけつづけますが、いい台本にするために、どうかよろしくお願いします。

参　七月十六日

直木賞選考が終って直しを再開しました。
仙台、山形と転々とし講演会とサイン会をしなければなりませんが、それ以外の時間は、ホテル(仙台ホテル16日、山形グランドホテル17日)に籠って直します。そして毎日、ＦＡＸで送稿します。

井上拝

これほど大がかりな直しになるとは思いませんでした。確保しておいた時間ではとても足りず、ご迷惑をおかけしています。蜷川さんからお手紙をいただいて本当に恐縮しています。もう少しですので、どうかよろしくお伝えください。

仙台ホテルで
井上拝

四　七月十七日

また明日、こんどは山形からお送りいたします。

井上拝

伍　七月十八日

今夜、帰宅いたします。そして引きつづきつづけます。

山形グランドホテル

井上拝

六　七月十九日

あいかわらずご迷惑を……お許しください。やっと帰ってきました。続行いたします。

七　七月二十日

ただ続行あるのみ、です。

井上拝

八　八月五日

ＦＡＸ拝受ありがとうございました。顔合わせに出席できずに申し訳ありません。昨日は新橋演舞場の「もとの黙阿弥」の初日でもあったのですが、そちらの方も欠席いたしました。小説雑誌の締切がお盆休みで一週間も繰り上がって小生たち小説書きには、毎年お盆の前は地獄です。蜷川さんをはじめ豪華ケンランの出演者の皆様になにとぞよろしくお伝えください。

なお、「シェイクスピア」か「シェークスピア」かという問題については、唄の中の文句ですから、どちらも妥当だと思います。

蜷川さんと宇崎さんにお任せいたします。小生としては、「シェークスピア」の方が譜割りが簡単なように思いますが。お盆前の締切地獄をくぐり抜けたら、よろこび勇んで稽古場へ見学にまいります。よろしくお願いいたします。

井上ひさし拝

（『天保十二年のシェイクスピア』公演プログラム　二〇〇五年九月　シアター・コクーン）

2　レッスンシリーズとその補講

黄金の大規則　〔日本劇作家協会発足あいさつ〕

もとより自分を含めての話でありますが、わたしは劇作家というものをまったく誤解していたように思います。これまでは、劇作家というものは、自分の考え方だけを尊しとして、なにかというと安酒場にとぐろを巻いて自分の気に入らない人間や芝居の悪口を言い、もしも自分の芝居にケチをつける人間があれば不倶戴天の敵として生涯憎みつづけるばかりか七生までも祟って喚き立てるような者たちであると考えていたのですが、事実はそうでなかった。劇作家の諸兄姉と協会設立のための集会を何度となく重ねているうちに、そんな劇作家像などまるでありもしない錯覚にすぎなかったことが身に沁みてわかってきました。もちろんこれには、

〈個々の演劇観は一切論じ合わない。個別の作品論は絶対に云々しない。他人の悪口は口がさけても喋々しない。〉

という黄金の規則が、いつの間にか自然のうちに出来上がっていたことがなによりも大きく原因していると思いますが、諸兄姉たちがこういう大規則を自然に作り上げるところに感動しました。そして自分の知っている中でも、最も良質の者たちが、ここに集まっていると直感しました。そして集会に参加している間は、自分も諸兄姉にならって良質になることができたような気がしたのでした。

千変万化に変貌しながら様ざまな顔を見せる厳しい現実の枠、その退ッ引きならない枠と全力を上

げて取組みながら、束の間ではあれ、観客とともに演劇的空間の立ち現れる瞬間を創りあげようと懸命な努力を積み上げている者たち。言葉でも音楽でも絵でも映像でも捉え切れない「生の真実」を見事に舞台の上に摑まえてみようとありったけの脳味噌を絞り、あらゆる技術を繰り出す手練の者たち。もちろん誰に頼まれたわけではなく、自分の判断と責任においてこの困難な事業を行っているのですからもとから覚悟の上ではありますが、それにしても、報われること少く、いろいろな意味でひどい状況の下で仕事をせざるを得ない者たち。……そういった互いの辛い思いが、言わず語らずのうちに通じ合って、互いに尊敬しつつ同情し合い、前に述べたような黄金の規則ができあがったのではないでしょうか。

ひるがえって我が身を省みるに、初日延期や上演中止を繰り返して関係者の皆さんに大変なご迷惑をおかけしており、それこそ七度生まれ変わってただ働きしても償い切れないほどの文債を背負っています。いかに会員諸兄姉から選出されたといえ、このような人間が会長の席にあっては、右に述べたような会員諸兄姉が備えておいでの「質の良さ」をまったく裏切ることになると懸念いたしますが、それでもこの席にある以上は、なんとか頑張って行かねばなりません。

日本劇作家協会を任意団体からしっかりした、法人団体にする。戯曲を満載した雑誌を創刊する。海外研修制度の恩恵を劇作家にも分かち与えてもらう。日本で上演されるすべての戯曲を保存する演劇図書館をつくる。……実現すべき目標や、できたらいいねというような目当ては山ほどありますから、考えようによっては、これからの十年間ぐらいが、一番おもしろくて、やりがいのある時期なのかもしれません。例の黄金の規則を大事にしながら、会員諸兄姉と腕を組み合って頑張れるところまで頑張れたらと願っております。

風呂敷をできるだけ大きくひろげるのも役目のうちだろうと考えますので、思い切って一つだけ言わせていただくと、早急に実現したいものに、「住み込み作家制度」というものがあります。これは欧米諸国にある制度で、大学や地方自治体が一定期間、劇作家を抱えるやり方です。たとえば早稲田大学が劇作家のだれかを客員教授に採用する。給料は年額五百万円。その間、その劇作家はじっくりと想を練って戯曲の一本も書く。もちろん仕事をせずに遊んでいてもよろしいのです。劇作家が気が向いたら夏なぞに演劇についての公開講座を開いてもよい。じつを言いますと、わたしもオーストラリア国立大学の、この「住み込み作家制度」のおかげで、一年間、彼の国の首都であり大学の所在地でもあるキャンベラ市でぼんやりすごしてきました。課せられた義務は二時間の公開講義が一本だけ。その成果は、怠け者のことですから、そう上がったとはいえませんが、それでも、『雨』という戯曲を書き、『吉里吉里人』という小説の構想を得て帰ってきました。勤勉な人でしたらもっと成果があったろうと思います。こういう制度を日本の大学や地方自治体が採用してくれるよう働きかけもするつもりです(もちろんその前に理事会で十分話し合わなければなりませんが)。こういったことが実現する可能性はずいぶん低いと思います。けれどもなにもしないよりはまし、百動いて一つ実現すればよしとする。これが自分に課した小さな規則です。この確率百分の一の、なにか当て事のような思いつきや動きが、会員諸兄姉のあの黄金の大規則に支えられることで、確率二分の一ぐらいに成長すればと願っております。

(『日本劇作家協会会報』第一号　一九九四年四月)

◇初代日本劇作家協会会長に正式に就任したのは一九九三年十二月(一九九八年三月まで)。

劇作家、おすすめ戯曲

- 『マクベス』(シェイクスピア/作　新潮社ほか/刊)
- 『ヘンリー四世』(ピランデルロ/作　内村直也/訳　白水社/刊　『ピランデルロ名作集』に所収)
- 『火山灰地』(久保栄/作　立風書房/刊　『北海道文学全集』第10巻に所収)

演劇の本質はカラクリ。思いもかけぬカラクリを存分に使いこなして客席を忘我の淵へと誘い込み、やがてこっそりと人間の真実を浮かび上がらせる。これが芝居……。そうお考えの読者にお勧めするのは、まず『マクベス』(シェイクスピア)。冒頭の荒れ地での、三人の魔女の「きれいはきたない/きたないはきれい」という呪文《じゅもん》が、みごとに演劇という表現形式の核心を衝《つ》いている。それにしても、あの時代には、マクベス夫人を少年俳優が演《や》ったというのだから凄《すご》い。次に『ヘンリー四世』(ピランデルロ)。これは人生に仕掛けられた痛切なカラクリ。最後は『火山灰地』(久保栄)。この近代戯曲最高の達成が、その演劇構造を見ると、じつは丸本歌舞伎のそれをそっくり写したものだった。今村忠純氏の「劇的なるものをめぐって・序説」(「大妻国文」第二十八号)によると、この発見者は野村喬氏だというが、もしそうだとすればこれこそ最高のカラクリである。

(『本の窓』一九九七年七月号　小学館)

アンケート 三島由紀夫と私

1 「三島由紀夫」が好きですか、嫌いですか。それは何故ですか。
2 自決後の30年間はどういう時間だったと思いますか。
3 三島作品のベストワンは。（ごく簡単にその理由も）

（①②③への答えとして）

すべての詩人、劇作家、小説家、エッセイスト、文芸評論家、そして文学関係の学者のみなさんについて、好き嫌いで判断しないようにしているし、事実、判断は不可能である。判断の基準は、あくまでも個々の作品だ。退屈の皮をうまくかぶって日々を事なかれでやりすごしている自分が心底から揺り動かされる作品、それがわたしには「いい作品」ということになる。

三島由紀夫の仕事でいえば、彼の小説群や評論群で心を衝き動かされたことはない。しかし、三島戯曲の中にはすごい作品がある。とくに『サド侯爵夫人』は、その完璧なまでに空虚な構造、噴飯物寸前のみごとな台詞修辞法によって、二十世紀の世界劇文学を代表するに足る一作である。

三島自決の報は、市川市の自宅で聞いた。ちょうど『十一ぴきのネコ』という戯曲を書いている最中で、わたしはとっさに、「この作家は、結局のところ書くという仕事がつまらなくなったのだな」と思った。やがて事情がわかってくるにつれて、「この偉大な劇詩人は森田必勝という青年によって黄泉の国に強引に連れ去られてしまったのではないか」と考えるようになった。最近、中村彰彦さんの著書を読んで、この考えは確信に近くなっている。三島さんの真剣めかした遊びは、生真面目な狂気に破れてしまったのである。

三島以後の日本は、ますますアメリカ合衆国のお稚児さんになってきたようだ。そのうちにアメリカの准州になるかもしれないが、それを防ぐためには、三島さんの嫌っていた日本国憲法を攻撃的に駆使するしかない。そのためにも、わたしには筆がある。

(『三島由紀夫没後三十年　新潮臨時増刊』二〇〇〇年十一月　新潮社)

井上ひさしの シェイクスピア・レッスン

――シェイクスピアって、日本のどの時代の人かご存じですか？――
知っているようで知らないのがシェイクスピア。
江藤樹里さん。一九歳。某大学の演劇科の一年生。もうすぐ二年生に進級です。
ある日突然、井上ひさしさんの所へ「シェイクスピアのお勉強」にやって来ました。

レッスン1 「人ごろし いろいろ」

江藤 あっ、はじめまして。江藤です。先生の『孔子』、読ませていただきました。孔子からシェイクスピアまで幅広いご活躍ですね。
井上 『孔子』は井上靖《やすし》さんでしょうよ。
江藤 えっ？ ウソーッ。やすしとひさし、似てるんだもの、ヤダーッ。
井上 似てませんて。何ですか、今日のインタビューは。
江藤 コロッと忘れてた。私ってサイテー！ あのー、私、今年演劇科にストレートで入学したんですけどォ、シェイクスピアのこと知りたいと思って。シェイクスピアって超有名でしょ。でも意外に詳しいことを知らない人が多いんでェ。

井上　あなたが知らないんでしょうが。忙しいんですから、早くはじめてください。ときに、あなたの髪型何とかなりませんか。前髪そろえて眼鏡をかけて口あけて、「問」という字に似てますね。
江藤　フフフフ……。
井上　何がおかしいんだ。
江藤　だって、先生の怒ったお顔、「磨」という字に似てるんだもの。
井上　はっきりいいますがね、僕はあなたの顔、嫌いです。
江藤　またまた、先生、心にもないことを……。あっ、質問しなくちゃ。先生、シェイクスピアっていう人はいつごろの人なんですか。
井上　「人ごろし、いろいろ」ですから、一五六四年の生まれ。もっとくわしくいうと、ロンドンの西北一五〇キロ、当時の標準的な旅程にして五日の道のりのストラットフォード・アポン・エイボンで、八人姉弟の三番目の子(長男)として生まれています。この町の当時の人口は二千人でした。ストラットフォードの聖トリニティ教会の記録によれば、ウイリアム・シェイクスピアが洗礼を受けたのは一五六四年の四月二六日。当時、一般に生まれてから三日後に洗礼を受けるという習慣を考えると、誕生日は四月二三日であるといっていいでしょう。生まれた場所はヘンリー通りの小さな家です。亡くなったのは、一六一六年四月二三日。五二歳の誕生日ということになっています。
江藤　人ごろしで一五六四年、いろいろで一六一六年？　私、こういうの、得意でした。ゴミ屋が拾った仏さま、五三八年、仏教伝来。いやむや江戸を東京に、一八六八年明治維新。人ごろし、いろいろで一五六四〜一六一六か。日本でいうと……。

井上　桶狭間《おけはざま》の戦いが一五六〇年です。シェイクスピアの生まれる前年の一五六三年に日本では松平（徳川）元康が家康と改名している。シェイクスピアの亡くなる前年の一六一五年には大坂城落城、豊臣氏が滅亡していますね。

江藤　シェイクスピアって、もっと最近の人かと思ってた。

井上　でも、はっきりしないんですよ、シェイクスピアの生涯というのは。三七編の戯曲、七編の詩、そして一五四編の十四行詩《ソネット》と三枚の遺言状に署名した六個のサイン、遺言状に記された二語「私によって（by me）」が残っているのはたしかだが、どうも正体が判然としないのですな。自伝もない。日記をつけていた形跡もない。自筆原稿は一編もなし。本当はシェイクスピアなんていう人はいなかったんじゃないかという説もあるんです。シェイクスピアのスペルにしても、Shakespeare から Shakspye まで一四通りもあるんですからね。

江藤　えっ！　シェイクスピアっていなかったかもしれないの？　やったーァ。ねえねえ、それって、あんまり他の人にしゃべらないでくださいね。私、明日、学校でみんなに教えてやるんだから。すっげぇ話、聞いちゃったわ。ヤッホー。でも、人ごろしだから、一五六四年に生まれた人がいたのは確かなんでしょ。

井上　ですから、その男と、芝居を書いたシェイクスピアが同じ人かどうかがわからない。

江藤　なーるネ。

井上　なに、その「なーるネ」ってのは？

江藤　なるほどね、の略。ねえねえ先生……。

井上　森の小やぎじゃないんだからその「ねえねえ」はやめなさい。

江藤　あっ、ごめんなさい。じゃ、とりあえず、ですね。一五六四年に生まれた男は、その後、どうなったんですか？

井上　地元の、現在でいえば小学校の学課課程に当たる文法学校《グラマー・スクール》に通ったことはわかっている。教科書は「初級ラテン語文法」、ここでラテン語の文法や論理学や修辞学を習うんですね。学校の校則はかなり厳しくて、小学生なのに朝の六時から夕方五時まで授業がありました。高学年になると、ギリシア語まで習ったようです。彼がそのグラマー・スクールを卒業したのか、中退したのか、実はそれもわかっていないようですね。とにかく彼はグラマー・スクールで「才知の体操」というものを学んだわけだ。

江藤　シェイクスピアって、小学校しか出ていないわけね。

井上　少なくとも大学は出ていないことはわかっているけれど、その後の学歴は不明ですな。シェイクスピアの名がふたたび記録に出てくるのは、一八歳で結婚したときです。相手は、ストラットフォードから西へ一マイルほど行ったショッタリーという村の農家の長女でアン・ハサウェイという娘で、八歳も年上。ふたりは一五八二年の一一月に結婚。翌年五月に長女スザンナが生まれています。

江藤　一一月に結婚して、五月にもう子供が生まれてるんですか？　ヤダァ……。出来ちゃった結婚じゃないですか。年上の女と出来ちゃった結婚、ヤルヤル。先生、シェイクスピアって、あなどれないヤツですね。

井上　そして、その二年後には男女の双子が誕生します。だから、二〇の時にはもう三人の子持ち。長男の名前はハムレットならぬハムネット。
江藤　またまた、先生。話をおもしろくしようとしてません？
井上　黙って聞きなさい。双子の男の子の方がハムネットで、女の子はジュディスと名付けられた。
江藤　男が二〇歳で三人の子持ち？　もう夢も希望もないですね。そんなのサイテーじゃん。避妊しないからそういうことになるのよ。若い子って、無茶するから。まっ、いいか。でも、何やって、家族を食べさせていたんですか？
井上　何をやっていたのか、まったくわからない。お父さんのジョン・シェイクスピアが皮屋さんだったから、商売の手伝いでもしてたんじゃないかという説もありますし、田舎で学校の教師をやっていた、また、船乗りをしていたという説もあるんです。軍務についていたという学者もいる。なかには、どさまわりの一座に加わってロンドンに出たなんていうのもあるし、弁護士の事務所に勤めていたとか、家庭教師をしていたとか、地元の不良になって牛を盗んだりして、町にいられなくなったとか……。
江藤　案外、町でバン張ってたんじゃないの。カツアゲなんかしちゃったりして。こんな低い声で、肩なんかいからせて「ヘイ・ユー、ギブ・ミー・マネー」とかいっちゃったりしてェ。
井上　次にわかっているのは、七年間の空白ののち、突如、ロンドンに現れたこと。馬番をやりながら、役者をやるんです。
江藤　馬番って？

井上　当時、馬でやってくるお客さんが多かった。芝居が終わったら客が「おい、俺《おれ》の馬」といったら、馬を引いて出してやる……。

江藤　いまの駐車場のおじさんみたいなことやってたんだ。

井上　それに役者もやっていたようですが、当時の役者というのは社会的な地位が低くて、娼婦《しょうふ》や犯罪者と一緒に捕まったり、見せしめのために鞭《むち》打たれたりしていた。その男も、その仲間だったわけですな。

江藤　ふーん。でもさ、あっ、いけない。先生にタメ口聞いちゃった。シェイクスピアがロンドンでそんなことをしてたら、ストリップランドだっけ？

井上　ストラットフォード！　正確にはストラットフォード・アポン・エイボン。

江藤　その何とかフォードの家はどうなってるんですか。単身赴任みたいな感じ？

井上　いい質問です。僕もシェイクスピアの「お金」について興味があるので、調べてみた。

江藤　やるじゃん、先生。

レッスン2　四〇歳の財産目録

井上　当時のロンドンの劇場の平均収容人数は二〇〇〇人。ぎゅうぎゅう詰め込むからそういうことになる。雨天もあるので上演は平均週に三日。土間席に屋根がなかったから、雨天には上演がない。さて、馬番をやりながら、舞台に出て、そのうちに芝居を書くようになったその男は、稼ぐ金もそのたびに増えていく。当時の劇場の入場料は……、入場料といってもいまのとはちがっていて、正確には「観劇料」で、劇場に入っても芝居を見なければ、料金は払い戻しになる。入場料は、土間が一ペニー、桟敷が二ペニー、舞台の上なら六ペニー。

江藤　なに、舞台の上って？

井上　舞台にあがって芝居を近くで見ることができた。当時の労働者の一日の給料がだいたい六ペニーだったから、一日働いた分を全部吐き出せば、舞台の上で見られたわけだ。ちなみに新作の場合、観劇料は二倍に跳ね上がります。それで、当時、役者の数なんかそんなにいないわけだから、ひとりで何役もやる。一人数役《ダブリング》は当たり前。そうすると、それだけ金も貰《もら》えるわけね。それから、芝居を書けば、また貰えるし、役者同士で株仲間みたいなこともやっていたようだし、シェイクスピアはそうやって金を得た。

江藤　へえ、出稼ぎしてたんだ。そのお金、田舎にいる年上の奥さんに仕送りしてたんでしょうね。まさかロンドン妻なんかいなかったでしょうね。それじゃ、早漏の妻がかわいそうじゃないの。

井上　糟糠《そうこう》の妻。余計なことをいわないこと。活字になって、恥をかくのは君の親なんだから。

江藤　すいません。私のしゃべったこと、適当にカットしてください。入学取り消しになるといけないから。

井上　シェイクスピアは三七歳の時、故郷のストラットフォードに三二〇ポンドで一七〇エーカーの土地を買ってます。あなたの心配している妻には、三八歳の時、三二〇ポンド送金しています。立派なもんですよ。そしてまた土地を買って、二つちがいの弟ギルバードに土地の管理人をさせています。こうやって、だんだん金がたまっていくわけです。

江藤　出世したんだ。すごいじゃん。

井上　平均すると、年に二〇〇ポンド稼いでいたっていわれていますね。当時の二〇〇ポンドっていったら、たいした金です。それでグローブ座の株を持ってましたから、芝居が当たれば、その株の配当金も出るし、ブラックフライアーズという劇場の経営者のひとりになって、七分の一の株を持っていますから、その配当金もある。さらに郷里の屋敷を手に入れて、そこを他人に貸す。借りた人は、町役場の書記でトーマス・グリーンという人で、この人には子供がふたりいた。子どもが家を汚すから六ポンド余計に出せなんて訴訟を起こしたりしてるんです。さて、四〇歳、『オセロ』を書いた年のシェイクスピアの財産目録はこうです。

グローブ座の株の配当金。

ブラックフライアーズ劇場の配当金。

ストラットフォードのヘンリー通りに家一軒。

ストラットフォードのニュープレイスに屋敷(納屋二棟、庭二つ)。

果樹園二つ。

農地四ケ所。

ストラットフォードのチャペル・レインに園丁小屋一棟。

ロンドンのブラックフライアーズ劇場の近くに家一軒。……この家は一四〇ポンドでした。

まあ、シェイクスピアと金の問題で、おもしろいのは、引退に備えて、いろいろと金を準備するんですが、遺言で自分の財産は、スザンナという娘に贈るんですね。妻のアンには、彼女が嫁入道具に持ってきたベッドだけ。そこで妻との不和説が有力になったこともある。もっとも、当時の慣習法で、未亡人には亡夫の所有地から上がる収益の三分の一と動産の三分の一が与えられますから、直接の遺品がベッド一つでも充分ですが。とにかくシェイクスピアぐらいになると劇作だけで、鉛のペン一本でちゃんと食べられるし、たいへんな蓄財もできる。

江藤　昔、家が貧乏だったりすると結構ヒーコラがんばったりするものなのよ。私にはなんつうか、そういうお金に執着する気持ちってピンと来ないけど……。貧しさがきっと人を成長させることもあるっていう典型よね。

井上　だから、シェイクスピアの戯曲のなかに、金にまつわる話が多かったりするのも、そうしたことが原因だといわれています。『ヴェニスの商人』なんか、その典型でしょ。

江藤　知ってる、知ってる。「ブルータス、お前もか！」でしょ。

井上　どうしても君は、自分の親に恥をかかせたいんだな。『ヴェニスの商人』のなかでこんな台詞《せりふ》があります。When did friendship take a breed for barren metal of his friend? 直訳すると、「友情が利子を産まない金を友だちに用立てて、利息という子を産ませたことがあるか」これは、金に関する名台詞ですね。『ハムレット』のなかにも、Neither a borrower nor a lender be:「金は借りる立場になってもいけないし、貸す身分になってもいけない」というのがあるでしょう。『オセロー』には、Who steals my purse steals trash;「私の財布を盗む者は、がらくたを盗むも同然」『マクベス』だって、Take a bond of fate:「運命の手から証文を取っておこう」というのがあって、金に関する名台詞が多い。ですから、僕はシェイクスピアの経済観念に関して、とても興味があるんですね。

江藤　ふーん。

井上　眠くなったら、帰っていいよ。

レッスン3　シェイクスピア別人説

江藤　そうするとォ、三人の子持ちの若い男が田舎からロンドンに出稼ぎに来て、馬番やったり役者をやったりしながら、そのうちに戯曲を書いて、それが売れて、シェイクスピアになったと、まあ、手早くいえばこういうことね。なーるネ。

井上　一五九二年に『ヘンリー六世』を書いてます。二八歳の時です。この年、ロンドンにはペストが大流行して、劇場も閉鎖されてしまったけど、この「男」が劇作家として注目を浴びはじめる。

江藤　二十代の人気劇作家。なんか怪しいな。女優と出来ちゃったりして、「不倫発覚！」なんてネ。

井上　当時、女優はいなかった。まだ声変わりをしていない少年たちが女優の代わりをやっていたから、あなたのようなブスの勘繰りはしなくていいけど、たしかにこの『ヘンリー六世』から劇作家シェイクスピアという人は存在したことは間違いないようですな。

これはチェンバースという有名な一九世紀のシェイクスピア学者が自分の全生涯をかけて研究したことですが、シェイクスピア作品三七編は、同一人が書いたことは間違いがないらしい。文体、文章の癖、会話の使い方、言葉の種類そうしたことを徹底的に検証した結果、シェイクスピア作品を書いたのは、シェイクスピアという人かどうかは別にして、ひとりで書いたということを発表してるんです。ちなみに、シェイクスピアが使った言葉というのは、だいたい一万八〇〇〇〜二万語。それ以外は使っていない。ということは、かなり基本語で書かれている。

江藤　そこまでは証明されてるわけね。

井上　いや、証明されたわけではないけれど、とにかくそういうことをチェンバースという学者がいっているということです。チェンバースは、この研究で Sir になるんですけどね。

江藤　じゃ、やっぱり田舎から出てきたその「男」よ。きっと、がんばったのよ。このまま、馬番じゃ子供たちを食べさせていけないから、誰かに取り入ったりしてさ。いるもんそういう人って。私のパパの秘書なんか、元運転手よ。でも、冬はパパの靴を抱いて温めていたし、夏は冷蔵庫に入れてたわよ。それで気に入られて、いまじゃ社長室長。会社のチラシなんかまかされて、「大出血サービス！」なんて書いて、コピーライターもやっているから、馬番やっていても、戯曲なんか書けるんじゃないの？

井上　「出血大サービス」と『ハムレット』を一緒にしちゃいけない。

江藤　あら、血を流すことでは同じだと思うけどな。あっ、先生、ムッとしてる。冗談よ、冗談。続けて、続けて。

井上　ただ、シェイクスピア別人説を唱える学者たちのいっていることにも一理はあるんです。別人説を主張する人々は、伝記が不完全なのでそういうことが起こるんですが、文化的蒙昧《もうまい》の地、ストラットフォードの田舎の青年が深い学識を必要とする『ヴィーナスとアドニス』のような作品、あるいは宮廷の生活や感情を正確に映した『恋の骨折り損』などを書けるとは思えないというのが、その根拠になっている。

江藤　うん、それはいえるかもしれない。パパの社長室長がどんなにがんばっても、フランス料理の名前なんか知らないもの。もちろん、ワインなんかメニューのリストすら一生見ることなんかないんじゃないの？

私たちの生活をよだれをたらしてただ眺めているだけよね。あらいやだ、差別じゃないのよ、これって。水は低きに流れ、金は金持ちに流れるっていうだけのこと。

井上　君はここにいないことにして続けるけど、つまり、もっと体験と教養の深い誰か他の人が、何かの理由によって、シェイクスピアの名前を借りて書いたのではないか、といっているわけだ。これもまた状況証拠にすぎないが。

江藤　ねえねえ、あっ、ごめんなさい。また小やぎになっちゃったわ。先生、こういうことは考えられませんか。つまり、ですね。誰かが自分の名前を出せない理由があってその田舎から出てきた男の名前を借りて作品を次々と発表する。そうするとそれで儲《もう》けた金の半分をその馬番に渡す。それを知った他の悪者がシェイクスピアは偽者だ、世間にばらすゾっていって脅す。馬番はそれがわかってしまうと困るから、悪者を殺して、テームズ河に捨てる。それよ、それ。愛人とか王妃とかがからんで次の殺人計画が……。名付けて、シェイクスピア殺人事件。わーッ、ゾクゾクしちゃう。

井上　ひと晩じゅう馬鹿をいってなさい。そうなると、いったい誰があれだけの戯曲を書いたのか。私が知っているところでは、まず、ベイコン＝シェイクスピア説がある。一七六九年にロレンスという人が最初に提唱したのですが、これはシェイクスピアの作品はイギリスの哲学者で政治家のフランシス・ベイコン（一五六一〜一六二六）を中心としたグループによって書かれたものだというんですね。つまり、日本の歌舞伎に立作者がいるように、狂言作者部屋があって、ひとりを中心に、何人かが集まって作ったのではないかという説です。マーク・トウェーンも一九〇九年にベイコン説の論文を書いてます。一番有力なのは、オックスフォード伯＝シェイクスピア説です。第一七代オックスフォード伯エドワード・ドゥ・ヴィアがシェイクスピアだという説です。一九二〇年、トマス・ルーニーという人が『シェイクスピアの正体はオックスフォード伯』という本を書いたのが火つけ役になったわけですけど、かなり話題になりました。ところが、このオックスフォード伯爵は一六〇四年に死亡している、という事実が判明していまではあまり重視されていない。ま、とにかくシェイクスピアの生涯については謎が多いんですな。

レッスン4　シェイクスピアの名台詞

江藤　先生、お願いがあるんですけど、演劇科にせっかく入ったんですから、シェイクスピアの台詞を知ってると、超カッコいいでしょ。いくつか名言を教えてもらえませんか。私もいくつか知ってるんですよ、もちろん。なんだっけかな、ほら『ロミオとジュリエット』にあるじゃない。「ロミオ、ロミオ、尼寺へ行け、尼寺へ」だったかしら？

井上　シェイクスピアの台詞は英語で読まないとダメでしょうな。たとえば『ヘンリー四世』の第一部五幕一場のフォールスタッフの名台詞に、こういうのがある。What is honour? A word. What is that honour? Air.「名誉とは何だ。言葉だ。それならその名誉という言葉は何だ。空気だ」英語なら名言だが、日本語だと名言でもなんでもない。『お気に召すまま』にも、こんなのがある。All the world's a stage, And all the men and women merely players.「全世界がひとつの舞台。そして人間はみんな役者にほかならぬ」というのだが、日本語にすると雰囲気が出ない。あなたのいう『ロミオとジュリエット』でも It is the east, and Juliet is the sun. これも有名な台詞ですね。でも、日本語にしちゃうと「あちらは東、するとジュリエットは太陽だ」だからそれがどうしたっていうことになっちゃう。O, Romeo, Romeo! wherefore art thou Romeo?「おお、ロミオ、ロミオ！　どうしてあなたはロミオなの？」なんて、何いってるんだって感じですからね。

江藤　そうですよね。「どうしてあなたはロミオなの？」なんていわれてもねぇ。「親がつけたのヨーッ」ていうしかないわねえ。わかるわぁ先生のお気持ち！

井上　シェイクスピアの台詞は、英語を話す人たちの間ではひとつの諺《ことわざ》のようにして日頃の会話のなかに染み込んでいる。日本語でいえば「情けは人のためならず」とか「老いては子に従え」とかといったことがシェイクスピアの名言になっていると考えたらわかりやすいかもしれません。歌舞伎でいえば「問われて名乗るもおこがましいが……」とか「知らざぁ言って聞かせやしょう」とかいうのと同じです。もちろん台詞の品格がずいぶんちがいますけどね。

江藤　石川五右衛門の辞世の句、私覚えたんです。「石川や」でしょ。「石川や、浜の真砂《まさご》は尽きるとも、我泣きぬれて蟹《かに》とたわむる」でしたっけ？

あっ、先生、こっち向いてください。

井上　日本人で一番うまい引用だと思ったのは、ある美人がいて、その女性と戸部銀作さんという演出家が再婚するんじゃないかという噂《うわさ》がたった時に、紀伊國屋の田辺茂一さんがこういったんです。Tobe or not Tobe, that is the question. これは非常にうまい。きみもボーイフレンドから迫られたときは To bed, or not to bed, that is the question ぐらい言いなさい。

江藤　アッハッハッハ。あっ、バカ笑いしちゃった。失礼。

レッスン5　芸術性と大衆性

江藤　シェイクスピアって、五二で死んだことはわかりましたけど、死因は何だったんですか。シーンなぁんちゃって。

井上　一六一三年にシェイクスピアの本拠地だったグローブ座が焼けてしまう。『ヘンリー八世』の上演中に祝砲の火の粉が屋根に落ちてきたのが原因です。当時は、藁葺《わらぶ》きでしたからね。その影響があったと思うのですが、シェイクスピアはロンドンから故郷のストラットフォードに戻ったらしい。一六一一年帰郷説もありますが、とにかく晩年はストラットフォードに帰っていた。そこで『二人の貴族縁者』を書いて、筆を折ります。

残された資料を集めてみますと、晩年のシェイクスピアにはいろいろな事件があって、身体も弱っていったようです。

江藤　いろいろな事件って？

井上　たとえば、次女が結婚する相手には、愛人がいて、その愛人が子供を分娩《ぶんべん》中に死んでしまったとかいろいろ……。

江藤　結構、おもしろいことがあったんじゃない。わかるわ、火事で仕事場が焼けて、故郷に戻ってみれば、愛する娘の結婚の悲劇。身体も心もズタズタになったかわいそうなシェイクスピア。でも、死んじゃいけない、強く生きるの。そうなのよ、そうかもね。これが私の生きる道。歌ってる場合じゃないわ。で、どうなったんですか？

井上　一六一六年四月二三日、シェイクスピアのところにロンドンからベン・ジョンソンという劇作家と同郷の詩人マイケル・ドレイトンが訪ねてきた。シェイクスピアは喜んで、大好物のニシンの酢漬けをたらふく食べて、ラインのブドウ酒をがぶがぶ飲む。

江藤　ニシンの酢漬けっておいしいのかしら。

井上　シェイクスピアが好きだったんだからしようがない。それに、ライン産のワインを飲むくらいだから、かなりぜいたくな生活をしていたわけだな。

江藤　イギリスだったら、ギネスビールとか飲むもんね、普通。わざわざドイツから取り寄せてるんだからなかなかの暮らしね。で、それがどうしたんですか？

井上　それで、その晩から汗をかいて、風邪をひいて死ぬ。

江藤　それでおしまいですか。ふーん。なんだか、盛り上がりにかけますね。

井上　シェイクスピアは死にましたが、もちろんその作品は生きています。それも、いろいろな形を変えて、現代に通用しているんだから、大変なものだな。たとえば、『ウエストサイドストーリー』がそうだし、『キス・ミー・ケイト』は『じゃじゃ馬ならし』が基になっている。日本でいえば、黒澤明さんの『蜘蛛巣城《くものすじょう》』や『乱』は『マクベス』や『リア王』などに影響を受けている。結局、三七編の作品のすべてが現代に通用するというのがシェイクスピアのすごさだな。もっと大事なことがあって、彼は、「演劇は頂点において芸術であり、底辺において、娯楽である」(根村絢子)という真理を実現した。つまり芸術性と大衆性とを同時に充たさないものは演劇ではないことをシェイクスピアは三七編の戯曲で実現してみせたのだな。芸術性がいくら高くても、それだけでは演劇じゃない。逆に一般観客にいくら受けたからといって、それだけでも演劇といえない。その二つを一本の芝居の中で用意することが大事だという根本原則をシェイクスピアは実現した。その一点だけでも、シェイクスピアの作品は何度でも見直されていい。

江藤　なーるネ。

井上　まだ、いたのか?

(『せりふの時代』第三号　一九九七年五月　小学館)

◇小学館発行の季刊雑誌『せりふの時代』は、日本劇作家協会が責任編集していた。井上ひさしはしばしばここに寄稿する。井上の死後、五十六号で休刊。なお、「江藤樹里」の名前の由来は、苗字と名をひっくり返せば明らかになる。

2001年のシェイクスピアと漱石

漱石がシェイクスピアの専門家であったことは、「漱石山房蔵書目録」を見れば、よくわかる。彼はさまざまな版のシェイクスピア全集を持っていた。だいたい、留学先のロンドンで真っ先に教えを受けた例のクレイグ先生がシェイクスピアの研究家で、かつ全集の監修者でもあったから、その成果は、帰国後の東京帝国大学でのシェイクスピア講義にはっきりあらわれた。漱石の講義はたいへんな人気で、教室はいつも学生で溢れ返っていたらしい。そのときの漱石の熱意は、野上豊一郎が筆録した『「オセロ」評釈』で充分に感じとることができる。

こんど全集を駆け足でめくってみて気がついたが、漱石はいたるところでシェイクスピアを引き合いにだしている。たとえば、『文学評論』の「序言」は、『ハムレット』を例にしながら展開しているし、『趣味の遺伝』では、大好きな禅語である「父《ぶ》母《も》未《み》生《しょう》以《い》前《ぜん》」と『ロメオとジュリエット』を使って、

《余が平生主張する趣味の遺伝という理論を証拠立てるに完全な例が出て来た。ロメオがジュリエットを一目見る、そうしてこの女に相違ないと先祖の経験を数十年の後に認識する。……やはり父母未生以前に受けた記憶と情緒が、長い時間を隔てて脳中に再現する。》

一目惚れというものは、粗忽者が慌ててするものではなく、そういう異性を好きになるような趣味

が先祖代々から遺伝しているのだ、このように趣味の遺伝という理論を使えば、素性の知れない女の正体も明らかになると主張するために、漱石はシェイクスピアの恋物語を引用しているわけである。

とりわけ『オセロ』の影響は大きい。この劇が含む、信頼というもののもろさ、裏切りのメカニズム、嫉妬の心理の解剖、そして悪の認識という題材群は、そのまま漱石の作品に注ぎ込まれて行く。また、『坊つちやん』の、あの威勢のいい悪態啖呵も、ひょっとしたら、フォルスタッフとハル王子の直伝か。ハル王子がフォルスタッフに、

《やい、この抜作、安本丹《あんぽんたん》の大飯野郎、不潔で、猥雑で、助平で、脂肪タラタラの四斗樽野郎、赤面役の大腰抜け、三年寝太郎の沢庵石野郎、いやさ、土手ッ腹、肉の山！》

こう怒鳴ると、フォルスタッフが次のように怒鳴り返すのだ。

《うぬ、吐《ぬ》したな、この灯心野郎の脱殻《ぬけがら》野郎、身かき鰊に、牛の舌の干物《ひもの》、キンキリ牛の萎魔羅《なえまら》野郎——ああ、呼吸《いき》のほうが切れるぜ、お前に似たもん並べ立てていた日にァ！——ええい、糞ッたれ、仕立屋の物差し、刀の鞘、弓入れ筒《つつ》に、ピントコ立ちのサーベル》（中野好夫訳）

漱石は詩をつくる技術さえも、シェイクスピアから受け継いだのかもしれない。シェイクスピアの台詞は、主に、強弱を五回繰り返す一〇音節からできている。そして韻は揃えない。これが言うところのブランク・ヴァース（無韻詩）だが、英国人は、この強弱五回の一〇音節を聞くと、自然にそれを「詩」と感じるらしい（もちろん、狂人や道化などの台詞は、散文で書いたけれど）。そこで『草枕』が問題になってくる。

《山路を登りながら、こう考えた。／智に働けば角が立つ。情に棹させば流される。意地を通せば

窮屈だ。とかく人の世は住みにくい。／住みにくさが高じると、安い所へ引き越したくなる。どこへ越しても住みにくいと悟った時、詩が生れて、画ができる。……》

巧妙に隠されている七音節を半ば無意識に感じるとき、ひとりでに詩情が発生する。この呼吸を漱石は、シェイクスピアの台詞から学んだのではなかろうか。

こんなふうにこじつければ、シェイクスピアが漱石の兄弟子だったという例は無数に出てくるが、それにしても、小説家になってからの彼が、日本の演劇にほとんど興味を示さなかったのはなぜだろう。

若いころ通った落語の席やロンドンの劇場には、瑞々《みずみず》しい話し言葉が生き生きと踊っていた。だが、帰国してみると、東京の芝居小屋の台詞が、かしこまった書き言葉で書かれているように感じられた。これが原因の一つだったのではないか。台詞は、当然、話言葉でなければならぬ。つまり口誦性がなければ、それは舞台の言葉ではないのだが、その悪癖は現在にも及び、とかく日本の芝居の台詞は固すぎて、話言葉の自由奔放な豊かさに乏しい。中には砕けた台詞の芝居もあるが、そういう手のものは、砕けすぎてだらしがない。そんなわけで、漱石は芝居小屋を敬遠したのだろう。とすれば、これからは、台詞というものは声を上げて溌剌と言うものだと、はっきり決心したところから始めるしかなかろう。

（『國文学　解釈と教材の研究』二〇〇一年一月号　學燈社）

チェーホフ・レッスン

江藤樹里さんを覚えていますか。一年前、突然井上ひさしさんの書斎へシェイクスピアの勉強に押掛けたあの演劇科の女子大生です。

また、やって来ました。

今回の目的は、一九〇四年（明治三七年）に四四歳の若さで亡くなったロシアの偉大な劇作家アントン・チェーホフについて、根掘り葉掘りお聞きしたいというのです。

レッスン1　チェーホフ家の人々

江藤　先生、こんにちは。樹里です。前回のシェイクスピア・レッスン、ありがとうございました。そいでね、先生、あのあと、大変だったんですよ、『せりふの時代』を読んだ先輩に叱《しか》られて。井上先生に失礼だって。もっと、勉強してからインタビューするようにって。だから、今回は「お勉強ノート」作ってきました。かわいいでしょ。これ、プリクラ。真ん中が私です。

井上　前回もくどいほどいいましたが、これでもけっこう忙しいからだなんです。

江藤　私ってダメね。反省のあまり、倒れそう。そんな冗談いってちゃいけないわ。えーと、あっ、先生、何ですか、それ。すごく大きな紙に、いっぱい字が書いてあって……。

井上　これは、チェーホフ四十四年の生涯を表にしたものです。集計用紙を拡大して、四枚くっつけて、チェーホフが生きた時代をひと目でわかるようにしたわけですね。

江藤　これ、全部、先生の自筆？　わーっ、変体丸文字みたい。かわいい、かわいい。さる飛びえっちゃんって感じ。

井上　君に合わせていると明日の朝までかかってしまいそうだから勝手にはじめさせてもらいますよ。チェーホフは一八六〇年ロシア暦一月十七日、南ロシアのタガンローグで生まれました。日本では、桜田門外で井伊直弼《いいなおすけ》が暗殺された年です。タガンローグはアゾフ海に面した、当時人口六万の港町で、南ロシアの物産の集散地として、かなり賑《にぎ》わっていた。ところがチェーホフの少年時代、近くのロストフ・ナ・ドヌーという町に鉄道が通ってから、さびれてしまう。チェーホフのお父さんの商売もうまくいかなくなりますが、さて、チェーホフはこのタガンローグで食料雑貨商を営むチェーホフ家の五男二女の三男として生まれました。正確には、アントン・パーブロヴィチ・チェーホフ。

江藤　アントンっていうんですか。先生、知ってます？　アントニオ猪木ってプロレスラーいるでしょ。あの人の愛称もアントンですよ。アントン、がんばれ！　燃えよ、アントン！

井上　君のノートにはいったい何が書いてあるんだ！……いや、返事はいらない。先に進みます。チェーホフ家は、アントンの祖父の代まで農奴だった。このおじいさんはコツコツとお金を貯めて、自分はむろんのこと、チェーホフの父親をふくめて家族全員の自由を買い取ったんですね。父親は食料雑貨店を営んでいましたが、ここで重要なのは「自由」ということ。それまで奴隷だった一族が、ようやくのことで自由を得た。祖父や父親がかつて奴隷だったことから、チェーホフの心に、自由がいかに重要かという思想が芽生え、それが一生続く。チェーホフの作品を理解するには、まずここをしっかりとおさえておかないといけませんね。

江藤　アントンのパパって、どんな人だったんですか。あんた、なかなかいいヤツじゃん、って感じ？

井上　君がどんな人を想像しているやら見当がつかないが、チェーホフの父親はどうも大変な人だったらしい。たとえば、食事のときにスープの味が少しでも辛ければ「ばかやろう！」といってテーブルをひっくり返す。甘ければ甘いで、また癇癪《かんしゃく》を起こして、妻を殴ったり蹴《け》ったりしたようですね。チェーホフは後年、手紙で「私には少年時代はなかった」なんて書いているくらいですから、父親だけではなく、この地に対して嫌悪感があったかもしれない。

江藤　それって、ワタシ的にいえば結構怒るけどな。だって、サイテーじゃん、そのパパ。

井上　もっとも、この父親は音楽の才能に恵まれていて、タガンローグの教会(聖ミトロファン教会)の聖歌隊の指揮者をしていた。チェーホフも幼いころ、この聖歌隊で歌っていました。のちにチェーホフは、「才能は父から、心は母から譲り受けた」と語っています。ほかにも父親はバイオリンを上手に弾いたり、聖像画を描いたりしている。たしかに才人だった。そんな人だったから商売はうまくない。町の不況を避ける手立てがつかず、チェーホフが十六歳のとき、破産してモスクワに夜逃げしてしまいます。

江藤　チェーホフも一緒に逃げたんですか。

井上　当時、タガンローグ市立男子高等中学校の生徒だったんですが、チェーホフだけは残ります。そして、人手に渡ってしまった自分の家で家庭教師をしながら、住まわせてもらう。

江藤　いままでその家の息子だったのに、お父さんが失敗したために、今度は肩身の狭い思いをしながら、住まわせてもらうの。わーッ、かわいそう。私、あと五歳若かったら、泣いてたところです。

井上　のちにチェーホフが作家になってから、兄に送った手紙に、「お父さんの専制主義と虚偽はお母さんの青春を台なしにしてしまったことを思い出してください」なんて書いていますし、また「お父さんがお母さんを『ばか』と罵《ののし》ったときに、どんなに恐怖と憎悪を感じたか」とも書いてますから、父親をかなり嫌悪していたのと同時に、自分もまた同じような男になるのではないかという恐れを持っていたんではないでしょうか。これは、彼の短編小説をていねいに読むと、よくわかります。

江藤　読まなくても、わかります。

井上　ほう……。

江藤　どうぞその先を。

井上　生まれ育った土地がまたよくなかったようだ。これはチェーホフが二十七歳のとき、このタガンローグへ一度帰ったのですが、そのときの手紙で、「わたしの故郷がひどいところで、アジアのようにむし暑く、住民は、食べて飲んで、つがうことに忙しいばかりの文化不毛の地だ」といっています。そんなところに置き去りにされたんですから、この原体験がのちのチェーホフの作品におおいに関係するわけですね。

江藤　先生、ちょっと聞き漏らしたんですが、そこの人々は食べて、飲んで、それから何ですか？

井上　だから、食べて飲んで、つがうことに忙しい……。

江藤　ツガウ？　ロシア語ですか。

井上　番《つが》う。ふたつのものが対になる。交尾する。要するに、セックスすること。日本語です。

江藤　ガーン。あっ、それって危険な予感。ちょっとドキドキものですね。つがう、か。つがうまさひこって覚えておけばいいんだ。ふーん、じゃ、チェーホフの故郷のパンピーは、暇こいて、つがってばかりいたわけですか。

井上　なに、パンピーって。

江藤　一般ピープルのこと。先生、ご存じのくせに。とにかくタガンローグはコンビニ男女の天下だったわけね。

井上　コンビニ男女……？

江藤　……だれとでもエッチする男と女。

井上　あのね、君も大学生なんだから、もっと正しい日本語を使うように。

レッスン2　医学と文学の間に

井上　チェーホフは十九歳で、モスクワ大学の医学部に入ります。そのときから、アルバイトで短編を書きはじめます。まあ、短編というよりは、スケッチのようなものですね、それもユーモアスケッチ。雑誌や新聞に次々と投稿しては金を稼ぐわけですが、そのときおもしろいのは、筆名をたくさん持っていることです。ある雑誌には、「ア・チェー」。これはアントン・チェーホフの頭文字ですが、「わが兄の弟」というのもあります。兄の弟ですから、自分のことです。それから「患者なき医師」とか「脾臓《ひぞう》なき男」……。医学を学びながら、『人生の断片』『とんぼ』といった当時のユーモア雑誌に書きまくる。調べてみると、多い年には一年に百編ぐらいも書いています。全部で三五〇編近い。すごい筆力だ。これによって、一家の生活を支えていたわけです。

江藤 お兄ちゃんたちはどうしてたんですか。

井上 長兄のアレキサンドルものちには作家になりますが、そのころはそんなに稼いでいませんし、次兄のニコライも画家の卵、まだ金を稼ぐまでいっていません。そのほかに妹や弟もいますから、その学費やらすべてチェーホフの肩にかかっていた。昼間は大学に通いながら、夜、原稿を書く毎日。その頃の手紙によると、「床につくのは午前五時、注文で書いてますが、締切ほど体に悪いことはない」……。

江藤 先生もそう思っているでしょう。「うん」だって。この正直者!

井上 君の質問には一切答えない。チェーホフが医学部を卒業するのが二十四歳のとき。インターンを経て、モスクワ近くの郡立病院で診察にあたります。そして、この年、最初のユーモア短編集『メリポメナ物語』が出版された。医者兼作家になったわけですね。しかし、そのころ、チェーホフは最初の喀血《かっけつ》をします。

江藤 医者の不養生ね。

井上 うるさい。

江藤　あっ。マジで怒ったんですか。先生、大人なんだから、お願いしますね。

井上　先に進みます。翌年、チェーホフは「新時代」という新聞の編集長スヴォーリンに認められて、以後、三十九歳になるまで新聞に書くのはもちろん、この社から単行本を出し続けます。いわば、流行作家になったわけです。

江藤　医者をやりながら？

井上　そうです。当時のロシア文壇の大御所のグリゴローヴィチから「あなたは才能があるのだから医者をやめて書くことに専念したらどうですか」という手紙をもらっているんですが、チェーホフの答えはこうでした。「医者の仕事は観察のホリゾントだから、観察の地平を広げてくれるし、知識も豊かにしてくれるので、私はしばらく医者を続けます」。つまり、医者はどこにでも入りこめるわけですね。患者さんの家の寝室まで入っていけますし、夫婦の仲がいい悪いもわかる。極端なことをいえば、臨終の床まで入っていける。チェーホフ自身も書いていますが、すごく気取った貴婦人の体を診察していると、肩のところに痣《あざ》があって、このことから亭主から暴力を受けていることがわかったとか、近く結婚式をあげるという清純な深窓の令嬢の胸に聴診器を当てながら、ふと見ると、乳首に歯で噛《か》んだばかりの痕跡《こんせき》が残っていたとか……。医者は、人間の秘密に迫っていくことができる。小説を書く上でとても役に立つわけです。ですから、医者はやめない。グリゴローヴィチにそう答えている。そういえば、チェーホフに有名な言葉がありますよ。「医者は妻で、文学は愛人だ」。

江藤　て、いうか、私の理想にとってもよく似てる。どうしてチェーホフは私の気持ちがわかったのかしらね。私って、医者の妻になって、作家の愛人になりたいんです。

井上　作家の方にも選ぶ権利がありますがね。とにかくチェーホフはスヴォーリンやグリゴローヴィチの「作家に専念せよ」という命令をやんわりと拒絶して、毎日十二時に診療所を開けます。そして午後三時まで診察する。真夜中の急患も診《み》れば、遠い村まで往診に出る。手術を必要とする患者は、モスクワの大病院へ搬送する。たいへん多忙。夜、酒を少し飲んでから仮眠をとり、夜中から未明まで机に向かって書き続けるという生活を続ける。その苦労が実って、一八八八年、二十八歳のとき、作品集『たそがれ』でプーシキン賞をもらった。

江藤　え、シーチキン賞？　なるほどね。港町出身だから。

井上　ロシアの科学アカデミーが与える最高の文学賞です。科学アカデミーというのは、ロシア皇帝のもとで組織された文化指導者たちの芸術院のようなものらしい。プーシキンは知ってるわけ……ないか。ゴーゴリがロシア文学の父なら、プーシキンはロシア文学の祖だね。ロシアの小学校の国語の時間は、まずプーシキンの詩の暗唱からはじまるというくらいで、ロシア文学を語る上で忘れてはいけない人だ。プーシキンとゴーゴリで有名な話がありましてね、ゴーゴリが自著『死せる魂』をプーシキンの前で読んだことがある。魂を死なせたままでロシア人は生きているという主題で書かれた小説を読んだ。

江藤　私たちがよく使う寝たふり攻撃っていうヤツね。魂が死んだまま授業を聞いているっていうか。

井上　……それを聞いてたプーシキンはポロポロと涙をこぼして「ああ、このロシアは何と悲惨なのか。この希望のなさ、思想のなさ、魂のなさ……」と嘆く。この思いは、チェーホフにも引き継がれることになります。つまり、チェーホフが生きていたときのロシアはツァーと呼ばれる皇帝が支配していた絶対王政下にあった。王がいて臣下がいる。その構造が家庭のなかにもあった、父親に絶対の権力があり、家族は何も考えてはいけない。それこそ食べて飲んで、つがうしかない。希望もない、思想もない魂のない時代だったともいえる。だから、チェーホフの作品を読むときは、このことをいつも頭のなかに置いていないといけない。このことを忘れてはチェーホフがわからないのです。

レッスン3　チェーホフと戯曲

江藤　でも先生、私、チェーホフっていうと『桜の園』とか『やもめ』とか、お芝居でしか知らないんです。その戯曲の話がちっとも出てこないんですけど……。

井上　いま、何ていった?

江藤　『桜の園』とか『やもめ』。

井上　『かもめ』でしょうが!

江藤　……。

井上　じつは雑文というかスケッチを書きながら、チェーホフは芝居を書いていた。二十七歳のとき、モスクワのコルシュ座という劇場で『イワーノフ』という芝居が上演されたが、あまり評判がよくなかった。小説でプーシキン賞を受賞する一年前ですね。彼はもともと芝居好きだったようで、特にサーカスは大好き。チェーホフの母親も演劇好きでタガンローグでも、夫のいじめから逃れる唯一の楽しみは芝居見物だったようです。いまでも写真が残っていますが、タガンローグの劇場といったって、新国立の大劇場よりもずっと立派ですからね。ロシアの演劇文化もすごいものだった。

江藤　小説家って、みんな戯曲を書きたがりますね。簡単に書けると思ってるのかな。でも、全然おもしろくない。小説とお芝居はまったくちがうものなのにね。

井上　たまにはいいこともいうね。

江藤　こいつ、めちゃスルドイかもっていま思ったでしょ、私のこと。

井上　先を急ぎます。プーシキン賞をもらったチェーホフは、芝居にも意欲を燃やしていた。チャイコフスキーと出会ったのも、この頃で、二人で歌劇をつくろうとしたこともあった。つづいて『熊』という一幕劇を書き、さらに、『イワーノフ』をつくり変えて、ペテルブルグのアレキサンドリンスキー劇場という超一流の劇場で上演します。また、『森の精』という芝居も書くが、これは不評でした。そんなとき、次兄のニコライが結核で亡くなってしまった。ここで、チェーホフは行き詰まる。家族を背負っていかなければいけない。医者の仕事も忙しい。いい小説も書かなければいけない。それにもっとやりたかったのは芝居だ。戯曲が書きたかった。「しなければならないこと」と「してみたいこと」が押し寄せてきて混乱してしまったんですね。そこで三十歳になったのを機に、突如サハリン、日本名では樺太《からふと》へ旅に出る。一八九〇年ですから明治二十三年、日露戦争の前のことですね。

江藤　そうそう。行き詰まったら、旅が絶対おススメ。わかるわ。

井上　ここで、チェーホフは政治犯たちを徹底的に取材します。そしてまたロシアの真の悲惨さを痛感するんですね。ペテルブルグではフランス文化を取り入れて、立派なレストランで高級料理を食べている人たちがたくさんいる。しかし地方では貧しい人たちが泥のような生活をさせられている。極端な贅沢《ぜいたく》と極端な貧苦。どうにかならないのか。しかしそういうことを口にすると、途端にシベリアかサハリンに送られてしまう。これがロシアだ。そして真のロシアはシベリアやサハリンにある。義を唱えて政治犯にされた人びとの上にある。そう心《き》を定めて、いかにうまくそれを多くの人たちに伝えるかを考えるわけですね。余談ですが、このときに、サハリンの日本領事館に招かれています。驚いたことに、この日本領事館のまわりに遊廓《ゆうかく》があったりするんですね。一八七五(明治八)年までサハリンはロシアと日本の共同経営でしたから、すでに日本の商社も入りこんでいる。そうした日本人を相手にした遊廓です。しょうがないですね、人間というものは。まず、人が集まると、すぐ遊廓をつくるんですから。

江藤　日本にも来たんですか。

井上　チェーホフは最初、日本、香港《ホンコン》、シンガポール、セイロンを経由して船で帰ろうと計画していました。ところが、日本で当時コレラが流行《はや》っていて寄ることができなかった。日本に来ていたら、おもしろかったんですがね。

江藤　実は日本に来てたっていう話で、先生、書いたら?

井上　ダメ。来ていないことがはっきりしていますから。サハリンから帰ってからすぐ『シベリアの旅』という連載をはじめます。そして、その次の年にはヨーロッパに旅行します。こうして各地をまわっている間に、チェーホフにはロシアの悲惨さがよりはっきりとしてきた。帝政ロシアの中身は農奴制度があった時代とまったく変わっていない。しかも、多くの国民がそのことに気がつかず、相変わらず怠惰な生活を送っている。ロシアには人間の持つ悲惨さがすべて集まっている！　チェーホフはそう再確認をする。そして、彼は本気で医者をやろうと決意する。

一八九二年、三十二歳、メリホヴォという村に移り住みます。ここでコレラの防疫に努め、地域社会のために尽くす。そのうちに彼は、この自分の悲惨さに気づかないのは、人びとに教育がないせいだと気づいて、小学校づくりに全力を傾ける。調べてみると、チェーホフは自分の資金で、設計もして、小学校を三校も建てている。ここはじつに重要です。体を治すことも大事だが、それよりもっと大事なのは精神を治すことだと考えたわけですね。このあたりは魯迅《ろじん》と考え方がじつによく似ています。

江藤　チェーホフって、かなりテンパってたんだ、そのとき。もう、俺やるっきゃないって感じじゃん。で、演劇はまだ？

井上　かなり無理をしていたんでしょうね、二つ目の学校をつくったあたりで大量吐血をしてしまい、モスクワ大学付属病院に入院します。トルストイが見舞いに来てますね。のちに、静養も兼ねて黒海の保養地ヤルタに土地を買ってそこに住むことになる。ここからは憶測ですが、この時代に、チェーホフは、もう小説ではダメだ。これからは演劇によって訴えていかなければならないと、演劇の持つ教育性に目をつけたのではないか。そして『かもめ』を書く。アレキサンドリンスキー劇場で上演されたが、大失敗。昔ながらの演技術では手に負えなかったんでしょうね。『ワーニャ伯父さん』。これは、評判がよかったが、このときに現れたのがスタニスラフスキーという演出家とダンチェンコという俳優兼演出家です。彼らは新しい演出法、演劇理論をひっさげてモスクワ芸術座という劇団をつくっていました。そこで『かもめ』を再演して大評判になった。

江藤　なんで初演は失敗したのに、モスクワ芸術座でやったら成功したのかしら。

井上　簡単にいいますと、それまでのロシアの演劇は、いわばスター芝居のようなもので、極端なことをいえば、善玉と悪玉はハッキリしているし、稽古《けいこ》だってそんなにしなくてもいい。主役だけが目立つような芝居だった。ところが、チェーホフの書いた作品は、基本的に複雑な心理を扱った演劇ですから、そうした大時代的な芝居をしてきた俳優たちには向いていなかったんですね。

レッスン4　チェーホフの仕事

江藤　ねえねえ、先生。チェーホフって、独身だったの？

井上　『かもめ』をダンチェンコたちがやることになって、その舞台稽古にチェーホフは立ち合ったんですが、そのときに出会ったのが女優オリガ・クニッペル。この女性とのちに結婚します。写真があります。

江藤　えーッ。この人？　うわーッ。ゲロゲロ。女優っていうから、もっと美人だと思ってたら、おばんじゃん。この人にチェーホフがセマッたわけ？

井上　いや、彼女の方が熱心だった。全員で写真を撮るといつもチェーホフの近くにいた。これは、僕でさえ経験がありますから、チェーホフの気持ちがわからないでもない。

江藤　えっ、それって、先生のそばにいつも寄ってくる女性がいるってこと。またもや？　って感じなのね。ふーん、先生、モテるんじゃん。よしよし。

井上　チェーホフの理想は、通い婚だったんですよ。「幸福が毎日、朝から晩まで続くのは耐えられない」と例の編集者スヴォーリンに書いているぐらいです。だから、自分はヤルタの保養地にいて、奥さんはモスクワにいたり、旅に出ていたりして、ときどき会って共同生活をするというのがチェーホフにとって理想の結婚だった。それにはオリガはぴったりだった。ロシアでは、秋から冬、そして春先にかけてが演劇シーズンですから、秋から春まで奥さんがいない。半年はひとりで暮らせる。奥さんは初夏に保養地に来て、秋口にモスクワへ帰っていく。まさに、理想的な妻だったわけです。それでこのオリガにあてて『三人姉妹』を書きます。

江藤　先生、先生。それって、シェイクスピアのときもそんなこといってませんでした？　金を送るけど、生活を共にしないっていうか。シェイクスピアの場合は極端でしたね。たしか、年上の奥さんが待っている故郷のストラッドフォードには、晩年まで帰らなかったでしょう。お芝居を書く人って、結構わがままですね。井上先生にも、そんなおいしい願望があったんでしょう。白状しなさい。

井上　いや、そんなことはない……。

江藤　そうよね。先生、こまつ座やっているんだから、女優と結婚すればよかったのに、最初、座長と結婚しちゃったんだから、しかたがないか。あっ、すみません。山のあなたの空遠く、幸い住むと人のいう……。

井上　ごまかすのだけはうまいな。……じつはオリガにも悩みが生まれる。チェーホフが亡くなってから、オリガの書いたものを読むと、悩みは深いですな。大好きな夫には会えない。その間に、スポンサーとか演劇関係者とかが迫ってくる。さらに、病身の夫を放っておいて浮かれていていいのかと皮肉をいわれる。でも、チェーホフにはそれがよかった。インポテンツ気味だったから、毎日そばにいて、迫られる方が恐怖だった。

江藤　アハハハ……。先生、また話をおもしろくしようとして、ガハハハ。

井上　人が真面目に話しているのに、その態度は何ですか。インポテンツ気味だとはチェーホフ自身がいったことばなんだ……まったくもう。一九〇二年に、ゴーリキーがアカデミー会員の資格を取り消され、それに怒ったチェーホフもまた名誉会員を辞任する。つまり皇帝《ツァー》に反旗を翻した。ロシア帝国を信頼しなくなる。これはまさに革命を暗示していた。革命をやるのなら、先頭をきるのが作家をはじめとした知識人の役割だと、チェーホフの芝居がいっている。そして、そんな思いで『桜の園』を書きはじめます。ところが、咳《せき》は出る、食欲はない、高熱が続く。結核菌が腸にまで及んでいたんですね。一日、六〜七行しか書けない。それ以上は無理だと手紙に書いています。そのくらい、体調も悪くなってきていた。一九〇三年、亡くなる約一年前に、ようやく脱稿、翌年一月『桜の園』が初演になります。当日はチェーホフの四十四歳の誕生日にあたるので幕間に、チェーホフ文学生活二十五周年を祝う会が開かれたが、痛々しいほど痩《や》せたからだで舞台の前に立って、友人たちから祝辞を受けた。そして、五月初め、ドイツのバーデンワイラーという温泉町に行き、「夏ホテル」というホテルで療養することになる。

江藤　素敵！「夏ホテル」だって。それって、おッしゃれェ！

井上　七月一日、ユーモア短編小説のアイデアを思いついて、オリガに話したあと、昏睡《こんすい》状態になる。カンフル注射をして、やや意識を取り戻したあと、シャンパンを少し飲んで「もう長い間シャンパンを飲まなかった……」と静かに飲み干し、そのまま帰らぬ人になった……。

江藤　遺言とかあったわけですか？

井上　ありましたとも。妻や兄や弟や妹に遺産を分配したあと、「存在するものはすべて、民衆教育のために、タガンローグの市役所に委託する」と指示していますよ。子どものころ、悲しい思いをした、飲む食う、つがうしかない、ロシア人の生活の縮図のようなあの町の教育に使ってほしいというわけです。言い換えると、チェーホフの実人生は、単なる作家を超えて、社会改造家ともいえますね。

江藤　偉い人だったんですね。

井上　チェーホフの小説は、登場人物が決して長いせりふをしゃべらない。作者がまた、その人物のなかに入りこまない。それに決まり文句も書かない。心理描写にしても、長々と主人公の気持ちを書くのではなく、そのとき、一番大事なこと、ワンテーマをひとつだけ書く。こういう短編小説の方法がそのままチェーホフの戯曲の土台になっていると考えていいでしょう。ですから、皆さんには、そうしたチェーホフの最後まで悲しい心のなかを理解しつつ、ぜひ、チェーホフの芝居を見てほしいのです。チェーホフの戯曲には、彼の全生涯の思いがこめられています。最初にいった「自由」の大切さ、世の中に直言する義人を生きたまま葬ろうとするシベリアやサハリンの流刑地制度、学校も病院もない地方の貧しさ。……こういう古い生活をどうしたら「新しい生活」に変えることができるのか。人生は自分で創り出すものだから、まず一人一人からはじめなければならないが、しかしその決意も毎日毎日の生活のなかですりへっていく。しかし諦《あきら》めちゃいけない。「都会に行けばなんとかなるかもしれない。でも本当はいま住んでいるその場所を変えなければこの悲惨さからだれも逃げることはできないよ」とか、「何か古い大木が倒れかかっているのが見えるかい。信じるんだ、みんな。いま生まれてきたばかりのこの新しい力を信じるんだ」とか、そんな生《な》まなことは直接いってはいませんし、題材はさまざまで筋は静かに進行していきますが、チェーホフのこの祈りを忘れてはならない。日本で上演されるチェーホフ劇には、じつはこの祈りに気づかないで演《や》られているものが多いような気がします。はしょっていえば、「新しい生活を目指したはずの精神が、いつの間にか日常の生活のなかですりへって、ただの俗物になってしまう、人間とは淋《さび》しいものだな」という悲しい祈りなんですね。

江藤　はっきりいって、泣きそう。私のようなバカタレは、チェーホフっていうと、ロシアのお嬢さまたちが出てきて「きょうのあなたはまばゆいくらいよ。めったにないほど、きれいだわ。マーシャもきれいよ」なんていってるだけの、ロシアの宝塚みたいなお芝居だとばかり思っていましたから。

井上　チェーホフの四大戯曲が日本では、それほど演劇的事件にならないのは、君のいうように静かに進行するという方へ行き過ぎて、チェーホフが命を賭《か》けて書き残したテーマ性が欠けているからだと思います。昭和三十年代にモスクワ芸術座が日本に来たとき見ましたけど、言葉はわからなくても、チェーホフの戯曲が持っているテーマ性ははっきりとわかりました。素晴らしかったですよ。

江藤　やるじゃんモスクワって感じね。

井上　いや、そんな軽いものではなくて、本当に勉強になりました。僕は劇作家として、シェイクスピアやいろいろな大劇作家たちから書き方を教えてもらっているわけですが、そのなかでも絶えず、チェーホフには批判されているように思います。たとえば僕が長台詞《ながぜりふ》を書くと、チェーホフに「なぜここで長広舌なんだ」といわれているような気がしますし、プロットを考えているときも「いいかい、殺人とか喧嘩《けんか》とかといった事件は舞台の裏でおこすんだよ。観客の前でおこすとウソになるよ」というチェーホフの声が聞こえてきます。それからチェーホフの戯曲は一幕一幕が短編小説のようになっていてフォルテではじまって、ピアニシモで終わるのが特徴です。だから、僕もそうしたいと思うんですけど、つい盛り上げてしまうんですね。そのたびに、僕の頭のなかにいるチェーホフが呆《あき》れている。その繰り返しですね。

江藤　うん、そういうところ、あるかもしれない。

井上　君にいわれたくないな。

（『せりふの時代』第八号　一九九八年八月　小学館）

ドストエフスキーからチェーホフへ

『貧しき人々』をよく読むのは、この処女作にドストエフスキーのすべてがあるからで、「処女作にその作家の総体が現われる(作家は処女作から逃げられない)」という文学的俗諺は、ドストエフスキーにかぎって真実である。

彼は「告白」が好きだった。生涯を通して、人間の二重性の謎(一人の人間に天使と悪魔が同居するのはなぜか)を掘り下げようと腐心した彼には、告白という手法が役に立った。人間の内面を探る鋭い錐《きり》としての告白形式。『貧しき人々』の体裁は書簡体小説で、書簡くらい「告白」に向いているものはない。

よく知られているように、ドストエフスキーはたいへんな勉強家だった。たとえば、ペテルブルグ工兵学校の教官サヴェーリエフは、「鼓手《こしゅ》が耳元で太鼓を叩いて食事や点呼を知らせても、未来の作家は、小説を読むのに夢中だった」と証言しているが、そういう猛烈な勉強から彼は、バルザックの、みすぼらしい下宿で住人たちからあざ笑われているゴリオ爺さんを、ゴーゴリの、外套に命がけのアカーキエヴィチを、そして当時流行の通俗恋愛小説の登場人物たちを選び出し、一篇の叙情詩を作り上げた。それがこの『貧しき人々』である。先行する文学作品をいったん自分のところで堰き止めて文学的な巨大ダムを築き、そこから再創造するやり方。べつにいえば、彼は世界文学駅伝競走の偉大な中間走者で、それまでの人間が作った全作品をタスキのように受け取って、たいへんな距離をたいへんな速度で走った。小説を書く者にとって、これほど有益な教材はない。

文学は言葉で行なう仕事であるという、簡明だが重大な真実を教えてくれるのも、この中編小説の手柄である。

十七歳で役所に勤めてそれから三十年近く文書の浄書をしている小官吏がいる。いまにも底が抜けそうな靴、半分以上もボタンの取れた制服、頭は禿げていて、残った髪も白い。下宿住まいだが、金がないので台所の一隅の仕切りの奥で寝起きしている。宿賃が払えないときは、下宿の女将から「おがくず以下」などと罵倒されることもある哀れな中年男。彼の窓から隣の下宿の窓が見える。そこに住んでいるのが不幸な運命にもてあそばれた乙女。二人は遠い縁戚関係にあるが、この小説は二人の間で交わされた五十五通の書簡と、乙女の手記でできている(もっとも、一通だけは相手に渡されることなく引き出しの中で眠っているが)。この小官吏ジェーヴシキンの乙女への呼びかけが多彩である。

だだっ子さん、小鳥さん、小鳩さん、エンゼルさん、私の天使、くるみさん、可愛いお利口さん、真実の友さん、愛する人よ、見あきることのない人よ、いとしい人……などなど。この呼びかけの変化によって、ジェーヴシキンの乙女への気持が、父親めかしたそれから恋する中年男のそれへと移って行くのがよくわかる。

どんな悲惨な小説にも、笑いが満載——これもドストエフスキーの手法である。

文書の大事な一行を書き落として、役所でいちばん偉い長官閣下の前へ呼び出されたジェーヴシキンにどんな運命が待っているか。この場面には、読むたびにはらはらさせられるが、そのときである、ジェーヴシキンの服のボタンが取れて、閣下の足元までころころと転がって行くのは。ドストエフスキーは若いころ戯曲を二本、書いているが、そのまま続けていれば、チェーホフに匹敵する面白い一幕劇の書き手になっていたかもしれない。「芝居は上演まで時間がかかるし、お金もかかる」（兄のミハイルへの手紙）ので、芝居を書くのを諦めたらしいが、どう考えてもこれは惜しかった。

チェーホフという名前を書いているうちに思い出したことがある。ドミートリー・グリゴローヴィチ（一八二二―一九〇〇）という小説家がいて、彼はドストエフスキーとは工兵学校で一緒だった。しかもドストエフスキーが『貧しき人々』を書いていたころ、同じ下宿にいた。このグリゴローヴィチのすすめで〈（ドストエフスキーは）原稿を詩人ネクラーソフのところへ持って行った。ネクラーソフとグリゴローヴィチは全編息もつかずに朗読してしまった。明け方の四時、熱狂し、ほとんど泣かんばかりになって二人は作者のところへ駆けつけ、彼を抱擁するために跳びついた。〉（モチューリスキー『評伝ドストエフスキー』松下裕・松下恭子訳、筑摩書房）

それから四十年後の一八八五年、モスクワのチェーホフのところへペテルブルグから一通の手紙が届いた。この手紙を書いたのも、そのころはもう文壇の長老になっていたグリゴローヴィチで、これはロシア文学史上でもっとも有名な手紙になった。

〈チェホンテという署名のものは、残らず読みました。……あなたには真の才能がある。……急いで書くのはお止めなさい。あなたの経済的生活は知りませんが、困窮しているのなら、かつて私たちがそうしたように飢えなさい。……本にして出すときは本名になさい。〉（トロワイヤ『チェーホフ伝』村

上香住子訳、中央公論社）

自分の周辺にたえず目を配って、新人がいい作品を書いたときは、すかさず推薦したり励ましたりする。当時のロシアの文学的空間の密度の濃さが目に見えるようである。

ちなみに、このころのロシアの文学者は、手紙の書き出し部分の呼びかけに凝っていたようだ。チェーホフは、のちに妻となる女優のオリガ・クニッペルへの手紙で、「ぼくの人生の最後の一ページさん」と呼びかけている。

『貧しき人々』でいちばん驚くのは、現実より幻想的で詩的なものはないという、文学の魔法である。貧しい現実を正確に描いているうちに、やがて生活の詩情のようなものが立ちこめてくるのだ。

〈……ふと見ると、家の貧しい下宿人のゴルシコフが……入ってきて、お辞儀をしました。いつものように睫毛には涙がたまっていて、まるで腐ってでもいるようです。しきりと足ずりをしているのですが、ひと言も口をきけない状態です。私は彼を椅子にすわらせました。こわれたやつですが、ほかにないのです。お茶をすすめました。彼は遠慮して、長いこと辞退していましたが、やっとのことでコップを手にしました。砂糖を入れずに飲もうとして、私が砂糖を入れるようにとすすめますと、またくどくどと遠慮をはじめるのです。長いこと言いわけを言って、辞退していましたが、ようやくいちばん小さなかけらを一つ入れて、こんな甘いお茶は飲んだこともないと言うのです。ああ、貧乏というものは人間をここまで卑屈にするのですね！〉（江川卓訳）

貸すお金もないジェーヴシキンのところへ、返すあてもないお金を借りにくるゴルシコフ。悲惨すぎてむしろ滑稽な情景だが、「こんな甘いお茶は飲んだこともない」という台詞で、たちまち詩になるのだ。これはチェーホフの戯曲も同じで、たとえばわたしたちは、三人姉妹の日常生活がそのまま詩になっているのをよく知っている。

『貧しき人々』は、ぷんぷんと臭うお金が勝利を収め、高貴な精神が踏みつけにされるところで終わる。これもまたチェーホフの戯曲の重要な主題で、こうして見ると、妄想にちがいないのだが、ドストエフスキーとチェーホフが同一人に思われてくる。そして悪魔の俗臭が勝ち天使の純粋さが負けるという時代はまだ終わっていないようだから、というよりも、それはこの世があるかぎり続くにちがいないから、ドストエフスキーもチェーホフも永遠に読まれつづけるにちがいないと見当がつく。

（『21世紀　ドストエフスキーがやってくる』二〇〇七年六月　集英社）

コメディー・レッスン

またまた、あの女子大生、江藤樹里さんの登場です。

今回のテーマは「喜劇論」。

シェイクスピア、モリエール、チェーホフにピランデルロ、ニール・サイモンなど歴代の〝喜劇の達人〟の話から「笑いとは何か」まで「コメディー・レッスン」の始まりです。

レッスン1　喜劇は、おかしい、なぜ生まれたのか

江藤　あっ、先生、おかしい、ファファファファ……。

井上　変な笑い方しないでください。

江藤　だって、だって……ファファ、先生の歯……ファファファファファ、な、ない、ないんだもの。

井上　前歯が一本抜けただけで、そんなに笑うことはないでしょう。あのね、君のお父さんから電話があって君がどうしても、喜劇論の論文が書けない、このままでは単位が取れないから、何とか教えてやってほしいと言われたから来たんですが……帰ります。

江藤　あっ、怒らないで、先生、そうなんです。モトカレも、単位を落としそうなんで、先生に聞いてきてくれって言われててェ。

井上　モトカレ？

江藤　うん。元の彼氏。一年の時から付き合っていたんだけどぉ、やめたの、ガングロだし。あっ、そうだ。先生が最近お出しになった『東京セブンローズ』を買いました。まだ、途中ですけど、とってもおもしろいし、パパなんか別に一冊買って喜んで読んでます。でも、ストリッパーはいつ出てくるんですか。

井上　ストリッパー？

江藤　ええ。だって、あれ、セブンローズって戦後のストリッパーの話でしょ。

井上　君が言ってるのは、ジプシーローズでしょう。

江藤　目が点。

井上　もう君の話には付き合っていられないから、勝手に始めます。

江藤　あっ、待って。ノート、ノートと。あっ、違うノート持ってきちゃった。あらあらあら、どうしましょう。これじゃ、樹里ちゃんの「オロオロ劇場」だわ。

井上　喜劇について考える時は、その反対物、つまり悲劇を考えてみるといいんです。ギリシャの昔から悲劇の主人公を見ると、王、王妃、王女、あるいは貴族、僧侶といった身分の高い人が多い。こうした高貴な人物が、運命や神の怒り、さらには時の流れといった、人間の力ではどうしようもないものに立ち向かって、必然的に敗れ破滅する。しかしそれでも彼等は戦う。そこから、いろいろな教訓が生まれる。どの国の演劇史を見ても、まず悲劇というものが中心にあった。

江藤　悲劇がまずあった……と。

井上　君のノートのまとめは簡単でいいね。いや、いい、いい。こっちを見なくてもいいから。続けます。しかし、悲劇ばかりだとおもしろくない。おもしろくないというより、それだけでは人間を表現したことにはならない。というのも、人間という存在は、行く手に「死」が待ち受けているから悲劇そのものではあるが、しかし日々の暮らしを見れば喜劇でもある。さらに、ごく普通の庶民が主人公の演劇形式も求められていた。庶民は、「自分と同じように取るに足らない人物の不滅」が見たい。自分に近い立場の主人公がさまざまなプロセスを経て、ハッピーエンドになるという芝居を、見てみたいのですね。これが喜劇の起源でしょう。

つまり、人間というものは、人間の力では及ばないようなものに対しても果敢に戦いを挑み、敗れるという崇高な勇気を持っている反面、愚かで愛すべきものでもあるという、この両面をセットにして、演劇というものが成り立っている……。

江藤　なーるね。悲劇と喜劇は、ラーメンとライスのランチセットのようであった……と。

井上　そんなことは言ってませんが……とにかく続けます。最近、日本では笑いがブームになっていますが、これはひょっとしたら、我々の日常生活自体が悲劇だからかもしれない。いま、世の中を動かしているのは、たしかに各種の、大小の組織だが、それは定かには見えない。この「定かには見えない」ところがすでに悲劇的です。組織が相手ということになれば、個人の力には限界がある。しかも闘おうにも相手が見えないのですから、ますます悲劇の度合いが濃くなる。さらに環境汚染や核問題などが人間の前に運命として立ちはだかっている。

江藤　パパもリストラの対象になってるみたい……。

井上　そうですね。リストラも、就職難もそうです。いま云った核弾頭、それがいま世界に五万発もあるといわれています。この五万発の爆発力を高性能火薬に換算すると二〇〇億トンになるともいう。つまり、わたしたちは一人当たり三トン以上の高性能火薬を背負わされて生きているわけで、いまの世の中はかくも悲劇仕立てになっている。ですから、そのバランスをとるためにも、人びとは笑いを求めているのではないでしょうか。それに、喜劇は、悲劇とちがって、人間の力でどんな運命でも変えられるという仕掛けになっていますから、人びとはせめて劇場のなかだけでも、人間の力と智恵を確かめたいと思っているのでしょう。

江藤　パパも喜劇を見たら、少しは元気になるだろう……と。これでよし。

レッスン2　「笑いの原理」を探る

井上　しかし、そもそも笑いとは何でしょうか。これは考察に値いする大問題です。考察と言っても、実はいまだかつて誰も「笑いとは何か」についてこれといった結論を出していないんですよ。偉大な学者や劇作家、それに俳優たちが必死になって「笑いとは何か」について研究してきたんですが、手がかりすらないんです。

江藤　ふーん。人類はこんなに長い間笑ってきたのに、わからないんですか。あっ、電話だ。ちょっと待って？　「え、何？　あっ、ママ。いらない」。すみません。

井上　「いらない」って何が。

江藤　いまね、ママがね、「パパいる？」って聞いたから「いらない」って言ったんです。

井上　君の家って、変な一家だね。またかかってくるといけないから、切っておきなさい。話を続けます。いろいろな笑いの理論が発表されていますが、もっとも有名なのはフランスの哲学者アンリ・ベルグソン（一八五九―一九四一）のものでしょう。ベルグソンは、人間というものはもともと社会や環境に適応しながら、その場その場を柔軟に生きる動物なのにもかかわらず、なかには、機械的にしか動けない人がいる。人はこういう人間らしい柔軟さを欠いて身心ともに強張《こわば》った人を笑うのだ、と言っています。たとえば、ベルグソンの出した例にこんなのがある。道にバナナの皮が落ちている。そこに紳士がやってきてその皮に滑って転んでしまう。これは笑いますね。気どった紳士が状況に対して的確機敏な反応ができずにバナナの皮ごときに滑って体面を失ってしまう。そこにおかしさがある。で、次にその紳士が、今度はとっさの判断でバナナの皮を踏まずに飛び越します。お客さんは、また転ぶぞと思っていますから、転ばなかったことにホッとして笑います。さらに三度目、その紳士は、当然のごとく、バナナの皮を飛び越すんですが、飛び越えたところに、もうひとつバナナがあって、そこで滑ってしまう。

江藤　おもしろ〜い！　先生が考えたんですか。

井上　だから、ベルグソンの有名な例と言ってるでしょう。日本でも、機械的な人間を笑う例があります。『たらちね』って知ってますか。

江藤　ええ。母の枕詞《まくらことば》でしょ。「たらちねの母を背負いてそのあまり重きに泣きて三歩歩めず」でしたっけ。

井上　君に聞いたのが間違いだった。僕が言ったのは落語の『たらちね』です。

江藤　知ってます。知ってます。ほら、ガングロのモトカレ、落研《おちけん》じゃん。芸名は「だまし家ペテン」って言うんです。こいつが下手でね、いつも『たらちね』ばっかり。だからよく覚えてます。長屋に公家《くげ》からお嫁に来た女の人の話でしょ。旦那《だんな》を起こすにも「あーら我が君」なんて言ったりして。

井上　はじめてまともな答えが返ってきた。そう、普通の女性なら、長屋に嫁いだのだから、長屋のおかみさんらしくするのに、精神の柔軟性を欠いて昔の公家勤めのままのしゃべり方をするから、人は笑うわけです。日本でも「気質物《かたぎもの》」と呼ばれた読物があって、職業や身分によって出来上った、こわばった性格＝気質を笑い飛ばしています。

ハリウッドのコメディでも、またウッディ・アレンのコメディでも、よく見かけるギャグ（笑わせる工夫）にこんなのがある。男が若いきれいな女を口説いている最中に、どういうわけか奥さんが入ってくる。男はいったんは奥さんを見るんですが、またすぐ、若い子を口説きつづけて、突然、「あっ」と驚く。

江藤　ファファファファファファ……。おかしい、おかしい、ファファ……。

井上　そんなにおかしくはないはずですが……。これは笑って受け流したあとに事の重大さに気づいてギョッとするダブル・テイクという方法です。普通、人間ならば、奥さんを見た時に、すぐに話題を切り換えますね。それが、意識が固まった状態だから、すぐには切り換わらない。つまり、これもまた人間らしくない瞬間。人間は常に人間らしく的確機敏かつ柔軟であるべきなのに、じつにしばしば機械的反応しかできない。そこで人間は、そういう反人間的なところを笑うことで、反省するとベルグソンが言っているわけです。チャップリンの『モダンタイムス』は、このダブル・テイクの集大成です。ダブル・テイクというギャグを哲学にまで高めた名作ですね。

それからトマス・ホッブズ(一五八八―一六七九)というイギリスの哲学者は、「笑いとは誇りの突然の発生である」と言っています。笑いは、他人の弱点もしくは、自分たちの昔と比較して起こる突然の誇りだというんですね。これは、寅さん映画によくあります。「馬鹿だなぁ……俺だったら絶対にそんなことはしないのに……」というやつ。同じようなことをフランスの劇作家のマルセル・パニョル(一八九五―一九七四)は「笑いとは突如として自覚された優越感の表現である」とも言ってます。

江藤　先生、ひょっとして、私のことを笑っていませんか。美貌《びぼう》を売りにしないで、お馬鹿さんを演じる私……そのせいで先生は私に優越感をもち、こっそり笑っている。そうでしょ。

井上　……。先に進みます。それから、カントがこんなことを言った。「笑いとは強い緊張がだしぬけに緩んだ結果生じる」と。これは僕がよく出す例ですが、たとえばNHKのアナウンサーが例の生真面目な顔で「今朝八時半頃、浅草橋駅構内で、新左翼のゲリラ組織の一団が爆弾を仕掛けませんでした」と言ったとすると、必ず笑いが爆発する。これは、「今朝八時半頃」から「爆弾を」まで、聞く者にすごい緊張感を与えている。もう一つ、ニュースで取り上げられるのは、起ったことだけで、起らなかったことを取り上げることはないという絶対的なルールがある。この緊張とルールとが最後で、一気にはぐらかされてしまう。この瞬間に笑いが生じるというわけです。すごく揺れる飛行機でみんな緊張している。その飛行機が無事に着陸すると、乗客が笑うというのも同じ心理でしょう。

「笑いの原理」はまだまだいろいろあります。対立している者同士のなかで、片方が急に対立の場から降りた時に緊張がとけて人は笑うのだという説がありますし、また「節約説」というのもあります。

江藤　節約説？　おもしろそう。

井上　たとえば、江戸時代の滑稽本《こっけいぼん》などによく出てくる台詞に、風呂屋の湯槽に入る時の「まっくらごめん」というのがある。当時の風呂屋は暗かった。そこで「まっぴらごめん」と言いながら入って行くわけだが、「ぶつかっても、まっくらなせいですからごめんなさいよ」という台詞と「まっぴらごめん」を合せて、言語量を節約した。そこから、しばらくの間、「まっくらごめん」が笑いを含んだ常套句になった。それから川柳にも節約語の好例がある。「故郷《くに》の母　生まれた文《ふみ》を　抱き歩き」。わかりますか。江戸へ出て行った男がようやく所帯を持ち、ついに子供にも恵まれた。彼はそのうれしい知らせを文に綴って故郷へ送る。すると母もよろこんで、その手紙を赤ちゃんのように抱いて歩いている。このように、長いストーリーを節約したことで、ふっと笑いが生まれるわけです。

江藤　かわいそうに、おばあちゃんボケちゃったんだァ。手紙を赤ちゃんと間違えて……。

井上　……同じように、長い旅に出る人の別れを惜しむ姿とその時の心情を「菅笠《すげかさ》で犬にも旅の暇乞《いとまご》い」と詠《よ》んだ川柳もある。これも情報量の多い情況を、十七字ですっきりとまとめて、うまく節約している。そこから小さな笑いが発生する。そのほかにも、のみの夫婦のようなバランスの悪さを見ると笑いが生じるのだとする「不調和説」、郵便配達夫が来たと思ってドアを開けたら、熊がいた期待と現実の「不一致説」といった具合に、笑いに関して、さまざまな説がありますが、そのどれも細かい場面であてはまっても、笑いそのものを大きく捉えてることには成功していないのですね。別にいえば、笑いの理論化や本格的な喜劇論はこれからの仕事ということになります。

レッスン3　喜劇の歴史をおさらいする

江藤　先生、喜劇はいつ頃から始まったんですか。

井上　それはもう、人間がことばを持ったときからでしょう。それがギリシャ、ローマ時代により精練されたスタイルになり、さらに中世から近世にかけて、ある完成に到達した。その代表的なものの一つが一六、七世紀にヨーロッパ各地を巡回したイタリアのすぐれた旅役者たちによるコメディア・デラルテという即興喜劇です。冗談、アクロバットのようにみごとな離れ技的演技(足を手のように巧みに使ってモノを摑んだり投げたりし、バレエダンサーよりもみごとに跳びあがり回転するなど)、唄、そして滑稽なお決まりの台詞、同じく滑稽な所作など、コメディア・デラルテの役者たちはみごとな演技力を持っていた。筋も登場人物も類型で、ありきたりなものでしたが、即興というところがみそ。粗筋を打ち合せただけで、あとは舞台の上で喰うか喰われるかの、必死の演技。この「一回性」が舞台に毎回、いきいきした生命を与えていたわけですね。

このイタリアの即興喜劇をスペイン喜劇やローマ笑劇などもあわせてフランスで発展させたのがモリエールです。モリエールのすごいところは、人物の彫りを深くして、類型から抜け出したことです。類型の中に人間の感情を溢れるように盛り込んだという言い方もできるかもしれませんね。さらに、時代の風俗や浅墓な流行を鋭く深く観察して、その欠陥を登場人物の姿の上に映し出して批判し、笑いのめすという方法も創り出した。もう一つは、ほんとうは悲劇の主人公になるべき人物を物笑いの種にする。そのことで複雑で奇妙な道化像をつくるという新しい悲喜劇を案出しました。こうなるともうほとんど近代劇です。卒論がモリエールでしたから何だか力が入ってしまいましたが、ま、モリエールこそ世界最高の喜劇作者でしょうね。

江藤　モリエールにワンポイントあげる……と。

井上　もちろん、シェイクスピアも喜劇という観点だけから見ても、大きな位置を占めています。当時の喜劇に出てくる「道化」を悲劇のなかに組み込んでしまった。時間的にもモリエールより五十年も前に、この大事業をやっています。それによって自分の作品を「悲喜劇」にした。登場人物のなかに道化という役を設けて、いまこの舞台に王様がいる。がしかし、この王様にしても、いつ、その栄光が色あせたものになるかわかりませんよなどと言わせるわけです。それまで、これは喜劇だ、悲劇だとはっきり分かれていたものを、ふたつの考え方をまぜ合わせて、深味のある複雑な構造にしたところがすごい。偉大な劇作家はみんなこうです。過去の作品を読み抜いて、それをもとに、それまでになかった劇構造を発明する……。

江藤　先生、シェイクスピアってェ、年上の奥さんもらって、家に帰らなかったんですよねェ。

井上　答えている時間がありません。喜劇を考える時にチェーホフを忘れてはいけませんな。チェーホフは、大きな夢を抱いた人間が、結局は、日常の些事に追われているうちに、いつしか夢は実現されずに終ってしまうという、人間共通の悲喜劇を、舞台上にきっちり構造として提出した人ですね。だからチェーホフ劇はおかしいけれど哀しい。人間の未来への夢はすべて喜劇だというおそろしいことに気づいた作家です。

それから、ピランデッロも喜劇史で大切な役割を果たした人ですから、覚えておいてください。この人は、結局、劇の構造を壊すことによって、喜劇的なシチュエーションを作り出した人なんです。たとえば『作者を探す六人の登場人物』は、登場人物たちが自分の運命を確かめるために、作者に会いに来るんですから、すごい設定です。

僕が好きなのは『ヘンリー四世』ですね。今世紀最大の喜劇じゃないでしょうか。あるお坊ちゃんが、ある時、自分はヘンリー四世だと思い込んでしまう。仕方なく、両親はじめ周囲の者たちが彼をヘンリー四世として扱う。全員が彼を王として仕えるわけ。ところが、突然、その青年が正気に戻るんです。それでいろいろあった末に、もう一度、ヘンリー四世の世界にもどって、狂ったふりをし続ける……。

あっ、ベケットを忘れてました。『ゴドーを待ちながら』って知ってるでしょ。このぐらい知らないと、「劇研」にいられないでしょう。

いい、いい、いい。返事はしなくていいから。エストラゴンとヴラジミールの道化二人が、世の終りに神の子イエズスが裁きのために地上に降臨するというので、待っている話で、ミュージック・ホールの手法を織り込んで書いている。注目すべきは、これまでの演劇史が何千年もかかってつくりあげてきた筋の一貫性とか合理的プロットなどを寄席の手法やドタバタ笑劇のあの手この手でぶっこわしてしまい、そこから笑いを噴出させたこと。いってみればギリシャ以来二五〇〇年の喜劇創出の歴史を、チェーホフ、ピランデッロ、そしてベケットの三人がこわしてしまい、わたしたちは、またＡＢＣから喜劇をつくりはじめなければならなくなった。

いま人気のある喜劇作者は、だれでしょうかねえ。ニール・サイモン、それからピーター・シェーファーあたりでしょうか。ニール・サイモンはニューヨーカーのチェーホフと呼ばれているようですが、さて東京のチェーホフはだれか。

江藤　私は東京のオリガ・クニッペルと呼ばれたい。

レッスン４　喜劇を創り出す方法

井上　勝手にしなさい。次に、こうした笑いを作り手側から見ていくことにします。

喜劇を書く場合に、書き手がまず第一に考えなければいけないことはシチュエーション、つまり「状況」です。そして主役は類型的な人物。牧師、農民、金持ち、主婦、貴族、医者、弁護士……なんでもいいんですが、とにかく、この職業ならこうだろうとはっきりわかる人物をその状況のなかで動かすと、まず喜劇が生まれます。この方法は、さっき説明したように、ローマ時代から使われています。

いままでは、一般に「シチュエーション・コメディ」と呼ばれるものです。不思議な状況に追い込まれた人間が、それをどう乗り切るか、それが喜劇になるわけです。前にも言いましたが、悲劇が人間の虚《むな》しさを訴えるのに対し、喜劇は人間讃歌ですから、主人公が苦境に立ちながら、その状況を乗り越えて行くさまを書き、結局は人間は素晴らしいというところへ持っていく。たとえば、『ボーイング・ボーイング』という芝居などはシチュエーション・コメディの典型です。

江藤　ああ、それ知ってる。投げても投げても、ボールが出てくるボーリングのギャグでしょ。だんだんボールが大きくなるんですよね。見たこと、ある、ある。

井上　あるわけがありません。これは、あるプレイボーイが、いろいろな航空会社のスチュワーデスと出来ているというのが第一の状況。たとえば、エール・フランスのスチュワーデスの彼女は勤務の都合で月曜日が休みなので、月曜日に彼の部屋にやって来る。スイス航空の彼女は水曜日で、ルフトハンザの彼女は金曜日、そして日曜日がブリティッシュ・エアウェイといった具合になっている。

ところが、大嵐《おおあらし》で、飛行機が欠航して、恋人がみんな同じ日に来てしまう。これが第二の、そして最悪の状況。プレイボーイは神業《かみわざ》的な綱渡りで彼女たちひとりひとりとうまく付き合うわけですね。ある子がシャワーを浴びてる時に、次の子が来たり、ベッドインすると、また別の子が訪ねてきたりとか……。こうやって、どんどん進んでいく。

江藤　私が入ってる「劇研」にも、そういう子、います。その子はコンビニ専門で、月曜日はセブン・イレブンでしょ、それから火曜日はローソン、水曜日はファミリー・マートで木曜日は……。

井上　プレイボーイも類型ですが、スチュワーデスというのも類型。そこにお国柄があったりしますから、そうした不思議な状況を作っただけで、もう喜劇の基本ができているわけです。また、『ブラック・コメディ』というのも、そうですね。日本でも最近、よくやりますから、知っているでしょ。舞台の電気がついている時が実は停電という設定なんです。ですから、見ている側は、普通の芝居を逆転して見ているわけです。これだけの状況だけでも、喜劇として成立しますね。「あっ、停電だ」と言うと、舞台上では電気が点《つ》いてそこで、暗闇《くらやみ》のなかという状況で、できてる二人がこれ幸いと抱き合ったり、物をくすねるヤツがいたりとか、長い梯子《はしご》を持ってきて、グルッと回すと、偶然、頭を下げた男の上を通り過ぎたり……。いろいろなことが起こるわけですね。

こうした状況喜劇で大切なのは、舞台に出ている役者の技量なんですね。なぜなら、喜劇を見るお客さんというのは、かなり冷静なんです。たとえば、『ボーイング・ボーイング』の場合なら、プレイボーイが次々と押し寄せるスチュワーデスの波をどう切り抜けるか、「ブラック・コメディ」なら、停電のなかで人はどう動くかということをじっと観察しながら、笑うわけです。

ですから、喜劇の場合はトチリは絶対に許されません。つまり、悲劇役者は大根でもできるけれども、喜劇役者は絶対大根ではできないということです。

江藤　先生、私の好きなニール・サイモンの舞台も異常なシチュエーションですね。

井上　そう。君も見たの。たしかに君が見ているくらいだから、いまはニール・サイモンブームですね。たとえば『おかしな二人』というのは離婚した男二人が一緒に住んでいて片方が女より女らしいというシチュエーションでしょ。これは要するに男が奥さんになったらどうなるかということですね。『サンシャインボーイズ』というのも、そうですね。昔コンビを組んでいた二人が、仲たがいに近い状態で別べつに暮している。その二人がテレビの番組で一緒になることになった。さあ、この二人、うまく行くだろうか。これもシチュエーション・コメディです。君が見たのは、何ですか。

江藤 何だったかなぁ。ああ、そうだ、ボロのマンションの五階かなんかに新婚夫婦がいて……。

井上 『裸足で散歩』か。

江藤 あ、それです。

井上 新婚夫婦の部屋がエレベーターのないマンションの五階にありますから、みんな五階分階段を登って登場するので、「ものすごい荒い呼吸」をしている。これも、おもしろい状況設定ですね。ニール・サイモンはランニング・ギャグを作るのがうまい作家ですね。

江藤 五階まで走ってくるギャグ、ほんと、上手ですね。

井上 君は何も答えないでいいから、黙って聞いていればいいから。ランニング・ギャグというのは、その芝居全体を通している基本的なギャグのことです。これが、ニール・サイモンは上手なんです。

江藤 先生もなかなかお上手。あなどれないって感じ。

井上 君に言われたくないね。

江藤 照れないで、先生。先生の方法論も聞きたいな。

レッスン5　井上芝居の中の喜劇性

井上 喜劇の一番の特徴は、反権威ということです。『フィガロの結婚』もそうですし、シェイクスピアの喜劇はすべてそうです。言い換えるとどんな有名人でも偉人でも、生きている時は普通の人間だということです。ですから、僕の場合でも、まずそこを見ていこうと思う。『頭痛肩こり樋口《ひぐち》一葉《いちよう》』の場合でも一葉はたしかに文学者としては有名ですが、世間体第一《せけんてい》の母親がいて、樋口家のすべてが一葉の肩にかかって来るわけです。そのなかで一葉は恋もできずに悩み苦しむわけです。世の中の常識で言えば、「一葉は大したものだ」と思われていることを「でも、人間でしょうに」という部分に引き戻していく。ここが僕の芝居の根本でしょうか。

江藤　先生の作品は、ゲラゲラ笑いながら見るんですけど、見終わった時にグッときちゃうことがあるんです。なんだか、「ああ、人間って、いいなぁ」みたいな。あっ、信じてない。ほんとだってばぁ。

井上　それは君も一応、人間だってことだね。これはいろいろな人が言っていることだけど、赤ちゃんを泣かせるのは簡単だけど、笑わせるのは本当にむずかしい。芝居も同じなんです。泣かせるだけの芝居だったら、一年に十作ぐらいすぐに書けますよ。マッサージ師と同じで、あるツボを押せば、必ず泣かせることができるからです。愛する者同士が別れるとか、母子物とかいろいろな方法があるように見えますが、パターンはひとつなんです。こんなの、こそばゆくて、「もういいかげんにしてくれ」って思ってしまうんです。

ところが、これが喜劇ということになりますと、さっき言ったようにお客さんはどこか覚めていますから冷静なんです。その人たちを笑わせるのは、とてもむずかしい。ですから、ふだんはくすぐっても笑わないような人がゲラゲラ笑って、笑いのなかに何かを摑《つか》んで、持って帰ってくれる。そうしたお客さんの顔を見たいだけで、芝居を書いているということは言えますね。

江藤　でも、先生は「ここで観客は笑う」とわかってお書きになっているわけでしょ。その通りにお客さんが笑ってくれると快感でしょう。

井上　技術的に言うと、三十カ所ぐらい、戯曲のなかに「笑うだろう」という部分を埋め込んであります。だから、それが狂ってきて、笑ってくれない箇所が多くなると、自分の腕が落ちているとわかる。それと逆に、自分が予想もしなかったところで、笑いが起こるという発見もあります。それも演出の仕方だったり、俳優さんのせりふ回しだったりすることもありますから、最終的には、お客さんが入ってみないと笑いが起こるかどうかは、わからないですね。

江藤　先生、これ、「劇研」の幹事長にどうしても聞いて来るように言われたことなんですけど、ひとつだけ教えてもらえませんか。先生は、どうして初日に間に合わないんですか。

井上　君の学校の「劇研」もたいしたことないね、そんな幹事長がいるくらいだから。要するに、いいものを書くことを大事にしているからです。早ければ何でもいいってことではないでしょう。

江藤　そうですね。新幹線の運転手が威張ってもしょうがないですからね。

井上　つまり、芝居を書く上で一番むずかしいのは、前に説明したシチュエーションでしょう。私がプロットをていねいに構築するのは、状況をどう作るかというためです。そこにものすごい労力をつぎ込むわけです。これは秘密ですけど、君だから内緒で、芝居の書き方を教えよう。まず、ルールを作る。どんな芝居にも、その芝居の規則があります。その規則をまず最初の十五分程度でお客さんにわかってもらわなければいけない。お客さんに「ああこういう話なんだな」ということをわかってもらって、次にそれを逆手にとったり、また思わぬ方向に持っていったりするわけです。たとえば、砂を細長いビニールの袋のなかに入れますね。ただ入れておくと、どこかで膨らんだり、固まったりしてしまうでしょう。ですから、ところどころをきっちりと挟んでおく。ここまでが約束ごと、ここからがその続き、そして真ん中、つまりミッドポイントがあって、そこからは最初にお客さんと交わしたルールが逆転していく。つまり、ルール違反をわざと起こす。僕の芝居でいけば『雪やこんこん』って見ました？

江藤　ああ、見ました、見ました。女座長の……。

井上　ああ、見てくれたんだ。

江藤　見てますよ、先生のお芝居は何だって聞いてください。何言ってるんですか。当たり前でしょ。女座長がひとりで、最後に気が狂って……。

井上　それは『化粧』でしょう。まあ、いいです。続けます。『雪やこんこん』で言いますと、中村梅子という一座があって、この一座はいつ分裂するかわからないんですよ、ということをまず、お客さんと約束します。そして、旅館のおかみさんが二場のおしまいで「フフフフ」と笑うところがあります。ここがこの芝居のミッドポイント。ここから、今度はお客さんがそれまでせっかく覚えたルールが、いい意味で役に立たなくなって来るわけです。そして、お客さんに何だかおかしいぞと思わせておいて、できたら、そこでまたもうひとつポイントを作ってまた逆転させる。そうなると、喜劇はうまくいくんですよ。

つまり、お客さんから見れば、最初は「ふむふむ」でしょ。その次が「なるほど」。そこから「あれ？」になって、「あっ、なんだ、そういうことか」と思わせておいて、「どうなってるんだ、いったい」と乗り出させて、もう一回というようにしながら、最後には最初のルールに戻る。そうなると、「ああ、おもしろかった」ということになるわけ。
よく「起承転結」ということを言うでしょう。それで言えば、「起承転結転転結」という感じですかね。これなら、頭の悪い幹事長に言ってもわかるでしょう。

江藤　頭の悪い幹事長でもわかると思います。彼、コントを書くのが好きなんですけど、それって喜劇を書くのにも役立ちますか。

井上　最後にいい質問をしたね。そう、おもしろい喜劇を書きたかったら、まずコントをたくさん書くことを勧めます。コントと言うと、日本では何だかいやなイメージがありますが、ブロードウェイではコントのことをスケッチと言うんです。君の好きなニール・サイモンだって、そのスケッチから出発しているんですよ。

参考までに、僕が好きなスケッチをひとつ紹介しておきましょうか。上演されたのは「ジーグフェルド・フォリーズ」というショウの一九三六年版、劇場はブロードウェイのウィンター・ガーデン劇場。スケッチの題名は『びっくり仰天、恐怖のエレヴェーター』で、作者はデヴィッド・フリードマン、当時、もっとも輝いていたレビュー・スケッチの作者で、アル・ジョルスンやジャック・ベニイやファニー・ブライスといったスターたちに台本やジョークを提供していました。残念なことに、彼はこのスケッチを書いたすぐ後に三十八歳の若さで急死してしまいますが。

さて、明るくなると、突然、故障で停止したエレヴェーターの内部、たまたま乗り合せた乗客が大さわぎしている。なにしろ、十九階と二十階の間で停まってしまったのですから大変です。この十三人の乗客をなだめるエレヴェーター・ボーイが若き日のボブ・ホープで、このスケッチが大当たりして、コメディアンとして認められることになりますが、やがて、乗り合わせていた老銀行家が、ふと、エレヴェーター・ボーイに「君、何歳」って聞く。そして「生まれは？」と、次々と生い立ちを聞いているうちに、その老人が若い頃、手放したわが子だということが分かる。みんな、その話に感激して、喜んでいると、電気がついて、エレヴェーターが下に降りるわけです。それで、めいめい口々にその親子の再会を喜びながら降りていくのですが、最後にその老銀行家とエレヴェーター・ボーイが「じゃあ」と言って、さっと別れていく。わかりますか？

江藤　わかった！　その二人はみんなの恐怖感をなくすために、咄嗟《とっさ》のお芝居をしたんだ。

井上　そう。その通り。よく出来たコントでしょう。こういうのをたくさん書けばいいんです。そこから、喜劇が生まれてきますから。

江藤　幹事長に言っておきます。すっごいお土産ができた感じ。

井上　喜劇の作り方の基本はそれでいいのですが、これからの僕の仕事は、いや、これは僕だけじゃないな、すべての劇作家に言えることは、悲劇ネタで喜劇をどう書くかということでしょうね。喜劇は喜劇、悲劇は悲劇という作り方は、すでにシェイクスピアやモリエールの時代で終っている。悲劇に喜劇の方法が入ったり、喜劇に悲劇の手順が割り込んだりする、いわば、ふたつの方法論が越境し合う、それが我々劇作家の最大のテーマだと思います。

江藤　悲劇は喜劇が混ざり合うのが理想……と。うん、決まったわ。

井上　これだけ私に話させて、君はまだノートに六行しか書いてないけど……。

（『せりふの時代』第十二号　一九九九年六月　小学館）

てんぷくトリオのコント

レストラン
食卓ひとつに椅子ふたつ。
戸塚の母につれられて　伊東の子ども出てくる。
戸塚、どういうわけか日本髪のかつら。
二人　椅子に腰を下ろす。

伊東　おかあちゃん、なにたべる？
戸塚　なンでも好きなものを召し上がれ。
伊東　財布の方は大丈夫？
戸塚　坊やがおいしいものをたべて、よろこぶかおをみれるのなら、ママはなんでもしますよ。

態度の悪い三波の給仕。配膳車を乱暴に押してやって来て、配膳車などをテーブルにゴツン！なとぶっつける。

三波　なンだよ、なにくおうってんだよ。
伊東　ウーン(と考えて)親子どんぶり。
戸塚　親子丼をねがいます。
三波　下らねえもんくいやがるな、全く。

と三波、二人の前にドンと丼を二個おく。

戸塚　あのう、ゴハンじゃないんですよ、注文したのは。親子丼ですよ。
三波　だからこれでハハンじゃねえか。これがオヤコ丼よ。
伊東　どうして只のゴハンがオヤコ丼なの。

三波　おめェたち親子だろ？　そのオヤコでくうから、親子丼じゃねェか。

二人、ずっこける。

伊東　じゃア、ぼく、親子丼やめてヤサイサラダにする。

戸塚　では、野菜サラダをひとつ。

三波　ホレ！　ヤサイサラダ！

と三波、配膳車から皿一枚をポンと出す。

戸塚　(やや気色ばんで)なンですか、これは？

三波　おッ、居直ったね、おばさん。いいかい、この皿よくみろよ。

二人、じっと空っぽの皿をみる。

三波　な、カラッポだろ。カラだろ。だからこれをヤサイ・カラダってンだ。

二人、よろける。

伊東　ぼく、ヤサイカラダはいやだ。カマボコッ！

三波　よし、カマボコ。

三波、配膳車から釜を出す。
それから、トンカチを出してトコトントンと叩く。

三波　な？　カマを叩きゃァデコボコになる。カマがデコボコだからカマボコだ。

と二人の前にドン！　とおく。
戸塚、くっくっくっとこらえ泣きをしていたが
……

戸塚　もうカンベンできません！　ここまで侮辱をされて黙っていることはできません！

と、ふところから、ピストルを出す。

戸塚　これがなんだかわかります？

三波　ピ、ピストル？

戸塚　そう。じつは私たち、事情があって、ここでお食事したら、このピストルで母子心中しようと思って用意しておいたのです。さ、覚悟をおし。

三波　(平伏して)わ、わるかった。申しわけない。このとおり——

と三波、ふし拝むところを、ズドーン!!

三波ぶっとんでひっくりかえる。

悶え苦しむ。傷口を片手でまさぐり、息もたえだえになる。

流石にギョットする戸塚と伊東……

三波、苦しい息の下から、

三波　フ、フォーク……

伊東、配膳車からフォークを出して

伊東　フォーク！

三波　ナ・ナイフ……

伊東、配膳車からナイフを出し、三波にわたし

伊東　ナイフ！

三波、フォークで傷口を押え、ナイフで傷口をえぐり、タマをつまみだす。

三波　針……針と糸……

配膳車から伊東、ハリとイトを出す

伊東　針と糸！

三波、針と糸を受けとり、針に糸を通そうとする。痛くてもだえているのでなかなか糸が通らない。やっと通る。

三波、ぐったりする。

しかし、死力をふりしぼりうなり声をあげながら針で傷口を縫う。

ときどき、針の先を髪の毛ですいたりする。針を刺すたびに身をよじる。

この辺、戸塚さんと伊東さん、三波さんに合せて身をよじったりする。

ようやく縫い終わり、歯で糸を喰いちぎる。

そしてようやく、大手術は終わる。

息をひそめて見ていた戸塚と伊東もホッとする。

とたんに、三波さん元気になって歌などうたいながら、

三波　もう注文はいいの？　下げるよ。

伊東　おじさん　大丈夫？

三波　大丈夫よ。

——と、ここまで、ジーッと三波さんを見ていた戸塚さん、三波さんにすがりついて……

戸塚　もしやあんたは、宇都宮で、外科病院を開業していた三波さんでは……？

三波　（ギョッとして）そういうあんたは？

戸塚　わたしですわ。

三波　ハテ、どっかで見たような見ないような

——

戸塚　三年前わたし、こんなヘアスタイルをしておりましたわ。

と戸塚、日本髪のかつらをとる。下は洋ハツ。

三波　ゲッ！　おまえはおまえではないか。
戸塚　逢いたかったわ！
三波　（急にインテリ風に）でも、どうしてきみは、ぼくだということがわかった？
戸塚　いまの手術を見てわかりました。たった一人であの大手術、心臓移植の和田教授よりすごいウデ前。坊や、これが蒸発して行方不明になっていたパパですよ。
三波　大きくなったね。
伊東　——
三波　パパのところへこいよ。
伊東　——
三波　さァ！
戸塚　坊や。
三波　なンとかいったらどうだ？
伊東　あのー
二人　なーに？　なんだ？
伊東　ぼくの気持はつまりこういうこと！

と伊東、ずっこけおどりを一発。
二人もずっこける。

（『新劇』一九七五年六月号　白水社）

◇お笑いチャンネル『父帰る』（昭和四十三年十月七日、東京12チャンネル）にて放送された。のち『新劇』には[1][2]の二編が掲載された。本編はその[1]である。『笑劇全集　完全版　井上ひさし』（二〇一四年、河出書房新社）には[2]のみ収録されている。

3

芝居の交友録

枠、あるいは制約について　〔特集：飯沢 匡〕

たしか『五人のモヨノ』（一九六七年六月、文学座）の上演の直前だったと思う、新聞記者の質問に、飯沢匡さんが次の如く答えておいでだったのを読んだ記憶がある。

「座付作者の痛快さを味わってみたくて、劇団の要求を最大限に容れて書いてみました」

ひょっとしたら、この談話は『塔』（一九六〇年一一月、文学座）の時のものであったかもしれないし、もしかしたら『二号』（一九五四年四月、文学座）の上演に際して発せられたものだったかもしれない。だが、じつはそんなことはどうでもいいのである。というのは、この作家はどんな場合でも、この枠が必要であるのだから。

〈劇団の要求〉、〈予算の都合〉、〈技術的制約〉、〈それに触れることを禁じられている事柄《ことがら》〉、これらの枠。作家の空想力や想像力を、高いところから低いところへ始終引き摺りおろしにかかるこれらの枠、この大敵を逆に捩じ伏せ、ばりばりと音たてて喰らい、滋養分にし、奇想の作物をつくりだす。飯沢さんの本質は、すくなくとも本質のうちのひとつはこのあたりにあると思われる。

たとえばラジオにおいて、少年が重要な役割を果すドラマが企画されたとする。少年俳優は使えない。未熟であり、青くさいからだ。下手をすれば学校放送の道徳ドラマになってしまうだろう。では、その企画は諦めるか。これはどうにもならない技術的、というより声帯的制約である。諦めましょう。

たいていはこのような結論に達するが、飯沢さんは断念しない。この制約を逆手にとって、少年の役を女優にやらせてしまう。ＮＨＫラジオの『ヤン坊ニン坊トン坊』は、この奇手によって大勢の聴取者を受信機の前に引き寄せた。僕もじつはそのひとりであったのだが、いまではこの奇手は正手となっている。洋画の吹替制作会社は配役表に少年や坊やがおれば、なんのためらうこともなく女優で声をあてるのである。

右のような例、すなわちさまざまな枠を逆手にとって新機軸を生み、やがてそれが世間の常識になるというような例は、この作家には、たとえばアミン大統領の胸に飾られた勲章の数ほどあるけれども、今回は紙数が限られているので割愛せざるを得ない。それはまた別の機会に譲って、ではまったく何の制約もないようなとき、この作家はどうやって人をあッといわせるような手を考えつくのだろうか。この作家は自分で制約をつくりだす。自分を、自分の手で、脱出不可能な枠組の中へ追い込んでしまうのだ。僕はその好個の例を『数寄屋橋の蜃気楼』（一九四九年一二月、ＮＨＫラジオ第二）にみる。またもや例がラジオドラマで恐縮であるが、僕はこの放送を仙台の孤児院で聞き、仲間と顔を見合せてぽろぽろ涙を零したことがある。飯沢さんのドラマとは最初の遭遇であった。これを書かずにはこの作家を語ったことにはならないのだ。

このドラマの筋立ては起伏に富むが、無理を承知で要約すれば、有楽町周辺に巣喰う浮浪児が、ある日、数寄屋橋公園で蜃気楼を見る、というのが発端である。浮浪児の見る蜃気楼は、大きくて綺麗な庭で、いつも花が咲いている。しかも音がついている。蜃気楼が見え出すときまって女声で「ロンロンラン　リレットロン　リレットロン／おねむよ　おねむよ／もうおねむ／おねむのおふねがおむかえに／ロンロンラン……」と歌うのが聞えてくるというのだ。筋立ての末尾では、この蜃気楼と子守唄がその浮浪児の母親を探し出す。僕等はこの末尾に感動して泣いたのであるが、重要なのはこのことではない。筋の発展が『話の泉』、『社会探訪』、『素人ノド自慢』、『二十の扉』など、当時のラジオの人気番組を巧みに用いてなされていることが重要である。ＮＨＫのディレクターが「わが局の人気番組を折り込んだラジオドラマを書いてほしいのです」などと注文をつけるわけはないから、これは飯沢さんの工夫であるだろうが、工夫というひとことで片付けてしまうわけには行かぬ。思うに「人気番組を全部、ドラマの中に入れ込むこと」という制約を、この作家は自分に押しつけたのではないだろうか。そしてその制約を逆手にとったとき、放送史というものがある限り必ず大きな文字で書き留められるにちがいないこの名品が誕生したのである。

とここまで書き進んだところで、僕は『天保の戯れ絵』（一九七一年、前進座）の第三幕第二場における、この戯曲の主人公歌川国芳の台詞を思い出した。

《**国芳**　何しろお触れ以来、河原者を扱った芝居絵は描くことならねえ、吉原のおいらんも柳橋の芸妓衆も、色気のあるものは一切相ならん。そうだったたね？／**目明し**　そうよ。それが御趣意だ。／**国芳**　そう、その御趣意だ。御趣意に副って案を練ったら、こういうことになったというわけでさ。御覧の通り女は一人もいねえ。全くの色気ぬきだ。お武士《さむれえ》の勇ましいところを描こうにも太閤記はいけねえ、権現様の御一代も駄目だ、それじゃ化物退治でも描く他ねえでしょ。それで土蜘蛛退治でさ。》

では、この土蜘蛛退治の図を裏から見ると、

《頼光が病に悩んでいるが、これは実は時の将軍家慶の姿である。四天王が碁を打って宿直しているところだが、一人の卜部《うらべ》季武の素袍の紋所が沢瀉《おもだか》なのは水野越前守を現わしている。問題なのは背面に数多く描かれた妖怪群である。二手に分れて闘っているように見えるが、実はそれは検閲をごまかすための構図に過ぎない。人間あり動物あり道具ありだが、みなこれは改革の犠牲者、追放者を現わしているので、当時の江戸っ子は勘がよく一つ一つ何を諷刺しているか判った。／これは爆発的な売行を見せ、ついに海賊版が出た。こんな大胆な政治諷刺は日本史上、類を見ないが、ついに国芳は咎《とが》めを受けなかった。咎めようがなかったほど、その抜道が考えぬいてあったからではないか。これこそ本当の諷刺であろう》。（『学鐙』七一年八月号「浮世絵師・国芳」）

どんな枠・制約よりもお上《かみ》の「検閲」という枠・制約は強力である。とするとひょっとしたら、枠・制約を逆手にとって想像力をかき立てる型に属する飯沢匡という作家には、現在《いま》は余りよい時代とはいえないかもしれない。たしかに現在も禁忌はある。がしかしこの作家によりふさわしいのは天保改革や太平洋戦争下の枠だらけ、制約だらけの世の中だろう。

飯沢さんの諸工夫を世間《ひと》は〈才気〉と軽くいう。だが、この才気が唯一の武器、たったひとつの隠蓑であった(或いは、であるだろう)時代では、才気はずっとずっと重んじられた(或は、られる)であろう。こうした意味で飯沢さんは〈不幸な〉作家であるかもしれない。

（『悲劇喜劇』一九七九年一月号　早川書房）

解　説〔河竹登志夫著『作者の家』〕

思えば、河竹黙阿弥と河竹繁俊の、二人の先達には随分お世話になった。もとより、お二人に就職の面倒をみていただいたとか、結婚式の仲人をお願いしたとか、戯曲の添削をしていただいたとかの、世間的な意味で「お世話になった」と云っているのではないことは勿論である。奇妙な云い方になるかもしれないが、私の脳味噌はこの二人の先達の仕事にたくさんの影響を受けており、そこで「お世話になった」と書いたのである。

黙阿弥は周知のように歌舞伎狂言作者の最後の巨峰であり、その五十余年の作者生活から三百六十種に達する作品を産み出した。私はこの作品群によって、日本語、とくに庶民の生活語の、音の響き合いの美しさ、意味の受け渡しの際の肌理《きめ》のこまかさを教えられた。明治の改革以来、この国の全土にひろめられた官制の共通日本語は、たしかに機能的であり、西洋文明を写《うつ》し取るには便利重宝であっただろう。しかしその手柄を充分に認めた上で云うのだが、共通日本語は〈実用性〉を重視するあまり、〈遊戯性〉をおろそかにしてしまった。共通日本語は、言葉の実用性にばかり気を取られて、その実用性とはいつも対《つい》になっている遊びについてはまったく気を止めることはなかったのである。別に云えば、共通日本語は、上意下達の道具、知識伝達の道具としては有効に働いたが、生活者大衆がそれぞれの日常で、その新しい言葉によって笑い合い、慰め合い、そして励まし合うといったような活力を備えていなかった。生活者大衆が日常の智恵を交換し、日々の感情を表現するのに、共通日本語は粗雑すぎ、その音の響きは硬すぎるのである。しかも現在では、この共通日本語がテレビと野合して、人びとから生活語(あらゆる意味での方言)を奪い取り、かわりにパサパサして味気のない言葉を流行《はや》らせている。言葉を扱う人間にとってはほとんど絶望するしかない世の中になってしまった。とくに劇場の観客に言葉を提供するのが仕事の劇作家などは途方に暮れてしまうのだが、しかし特効薬はある。私の場合は、河竹糸女補修、河竹繁俊校訂編纂の『黙阿弥全集』(春陽堂)がその特効薬である。先にも書いたように、黙阿弥脚本の音の響き合いの美しさ、意味を受け渡す際の肌理のこまかさ、そして生活者大衆のどんな小さな感情をも見逃がさずに表現し得る緻密《ちみつ》さに感動して、私は言葉への信頼や愛着を回復する。いわば黙阿弥全集は、私にとっての「言葉の病院」のような役割をしてくれているのである。「お世話になった」と書いたのは決して根無《ねな》し言《ごと》ではない。

また、河竹繁俊の『歌舞伎作者の研究』(昭和十五年、東京堂刊)は、ひと頃、私たちのバイブルとなっていた。浅草のストリップ小屋の楽屋の神棚に、なぜだかこの一冊が供えてあって、新入りの文芸部員はこれを通読することを義務づけられていた。支配人のこの教育法はまことに適切であった。たとえば私などは、第十一章の「歌舞伎作者の制度・職掌・生活」にすっかり感動してしまい、「この小屋の給料がどんなに安かろうと、それは問題ではない。とにかくどんなことがあろうと、自分は小屋の裏方として一生をすごそう」と神棚に向って誓いを立てたほどであった。では一体どのようなくだりに感動したのだろうか。

《さて、幕が開けば、その場に関する責任は稽古した作者が一切を負ふのである。舞台の上では羽織の着られない慣例があつたから、着流しのままで役者の間をあちこちと、見物の邪魔にならないやうに縫つて歩いて、せりふの忘れたのを附けてやる。……初日から三日間は御定法《ごぢやうほふ》としてせりふを附けてやるものときまつてゐたが、それ以上は、役者が相応の礼をして頼まなくてはならなかつたものである。……それ故初日から数日の間は、舞台の上には役者以外に作者や附人《つきびと》の作者があちこちにゐるのである。現今では黒衣《くろご》を着てゐるが、これは三十年来のこと、京阪の風を輸入したもので、江戸から東京にかけては、素《す》のままで出たものである。／御定法三日が過ぎると、幕切《まくぎ》れ少し前に、上手大尽柱《だいじんばしら》の下に来てゐて、幕になる時に、すつと立上りチョンと木を入れる。……その時である、男前の好い作者が、意気な縞物《しまもの》の着流しに献上博多《けんじやうはかた》の帯を掛長《かけなが》に結んで、緋縮緬《ひちりめん》の襦袢の袖裏《そでうら》をひらりと、翻《ひるがへ》して、すらつとした姿を、観衆に見せて悦に入つたなどといふのは。》(三五二頁)

こういう箇所にむやみに感動し、ストリップ小屋をその昔《かみ》の芝居小屋に見たてて、暗転のときの小道具の出し入れなどを出来るだけ〈粋《いき》〉にと振舞ったものだった。そしてこの第十一章を手引きに、あの暗がりのなかで培われた現場の感覚は、いまだに私の脳味噌の一部分を占拠している。私はその現場の感覚をたよりに戯曲を書く仕事を続けているのだから、やはりこれは河竹繁俊という先達にお礼を申し述べなければならないが、私はその気持を「お世話になった」という言葉で表現してみたのだった。

ところでこの黙阿弥と繁俊とが〈祖父と孫〉の関係にあることは、ほとんど文学史の常識だが、じつは二人の間に、糸女という女丈夫がいた。この『作者の家』を一言で云えば、糸女の評伝である。黙阿弥の没後(明治二十六年)、河竹家を継いだ愛娘《まなむすめ》の糸女は、「(父黙阿弥の遺作をもっとも理想的に受け継ぎ、そして守るには、父が生きていればこうしただろうと思われる方法、感覚、態度でのぞむことが、いちばん正しい」と信じ、十貫に満たない痩軀を一生病身で過しながら、版権侵害者の男たちに気丈に立ち向う。また、糸女は、江戸期後半からの江戸狂言作者の日々の暮らしのしきたりをも堅守する。そして父黙阿弥を「真に江戸演劇の大問屋なり……、一身にして数世紀なり」と評価した坪内逍遙の仲立ちで繁俊を養子とし、その繁俊に嫁を迎え、やがて養子夫婦に「家」を譲る。著者は繁俊の死まで書き切って筆を擱《お》くが、この、ほぼ一世紀にわたる長い時間の叙述が、作品のタテ糸＝主筋である。それにしても、なんという烈しい女性なのだろうか、この糸女は。父黙阿弥の口述筆記の助手をつとめるかたわら、彼女は何篇かの台本を書いていた。また糸女は、三味線の名人で作曲にもすぐれていた宇治派一中節の開祖のお静の愛弟子で、二代目お静をゆずろうかという話が出るほどの才能に恵まれていた。だが彼女は黙阿弥の死後、正式に得度をすませると、《女ばかりの家庭には不用不向きだからとて、愛着深かったはずの一中節の三味線と、徳利、盃いっさいの酒器とを、土蔵の床下にしまいこんでしまった……》

つまり彼女は自分の未来をすべて「家」の中に封じ込めてしまったのである。また彼女は雷と注射が大の苦手で、老年にいたって乳癌を病んだときは、麻酔注射をいやがって結局は麻酔なしで切開手術を受けたりするが、こういう強烈な聖処女が主筋を引っ張って行くのだから、おもしろくないはずはない。

一方、この強烈無比の聖処女がひたすら守りつづける伝統歌舞伎「作者の家」へ養子に入ったのが信州出身で、文芸協会(つまり新劇の)演劇研究所員の繁俊だった。云ってみれば「作者の家」で、衰退する旧劇と抬頭する新劇がぶつかり合ったわけで、このあたりは、誤解をおそれずに云えば、冒険小説以上のおもしろさだ。

さらにヨコ糸＝副筋は、挿話《エピソード》を縦横にちりばめてあって、わくわくさせられる。魅力ある脇役たちが繰り返し繰り返し登場し、そして姿を消す。この方法が〈舞踏型式〉にまで高められ、作品に厚味をつけ、こころよいリズムを紡ぎ出している。長編小説家はこの骨法を見習わなくてはならないだろう。著者はこういった多彩な脇役たちの言動を明快な文章で、しかも細部を大事に扱いながら写《うつ》し取ってゆく。一生に一度の、とっておきの題材に立ち向う著者のぴんと張りつめた精神が文章に、張りと艶《つや》とをつけている。共通日本語もここまで練り上げられると、みごとに肉声化し、立派に役に立つようだ。物書きの一人として、このことをしっかりおぼえておくことにしよう。

さて、全巻のなかでもっとも圧倒されるのは、関東大震災における河竹家の人びとの避難行の顚末《てんまつ》である。河竹家の人びとがどう避難したか、それは当然、東京下町の住人がどう避難したかにかさなるが、読者は、ちょっとした親切をたがいに与え合うことがどれだけ多くの人命を救うかを、この一章から読み取って、いやでも感動することになるだろう。震災のあとで繁俊は次のように書いた。

《……今度の震災によつて、歌舞伎劇は第一にその住ふべき劇場を失ひ、第二に其の観客を追ひ散らされ、第三に歌舞伎劇を構成する所の諸種の材料と、史的、伝統的参考品を、多数に失はされてしまつたのである。今度の災害によつて、ざつと日本の富の八分の一とかを失つたのだといふが、歌舞伎劇に至つては、全部の七八割までを失つたと言つてもよからうと思ふ。……》

こうして作者の「家」の滅亡も、また、はやめられた。

話はがらりとかわるけれど、大震災を境に、東京へ上方料理がどっと進出してきたといわれる。江戸期以来、「生粋の江戸の味」を掲げて繁昌してきた山谷の八百善をはじめとし、日本橋の魚河岸天麩羅の高七、汁粉の梅園、両国回向院前の親子丼としゃもの桜煮の丸屋、日本橋三越並びの刺身とハンペンの味噌汁の花村など、多くの「江戸の味」が閉店を迫られ、かわりにコストの安い上方料理が東上してきたのである。一方、大震災の一年半ばかり後、神田須田町交差点わきに、「簡易洋食。ウマイ、ヤスイ、ハヤイ」という看板を掲げた須田町食堂が開業し、二年のあいだに七つの支店を設けるほど繁昌する。江戸の味が駆逐され、かわって上方料理と洋食とが生活者大衆の舌に馴染み出したわけである。そう、ここにも江戸の滅亡があった。失われたのは江戸狂言作者の「家」ばかりではなかったのだ。つまりこの作品は、作者の「家」にのみ挽歌をうたっているのではなく、すべて「江戸」的なものにたいする詩情溢れる挽歌にもなっているのである。その意味で、史的資料としても貴重であると思われる。

蛇足ながら、この、すぐれた書物を書いた河竹登志夫は、繁俊の子、黙阿弥の曽孫である。

（河竹登志夫著『作者の家』講談社文庫　一九八四年十月）

解説（皆川博子著『旅芝居殺人事件』）

さる演劇雑誌の編集者から、「皆川博子さんが旅芝居に熱中していますよ」と聞いたのはいつごろのことだったろうか。聞いたとき、奇異に感じたことをおぼえている。簡単にいえば、そのころの皆川さんは新しい小説の書き手として注目されていた。現代の人びとの心理や風俗を新しい視点から捉えなおし、それを省略のきいた、暗示的な文体で読者に提供するところに独得の魅力をもっておられた。その皆川さんが、いまだに義理人情を飯《めし》の種《たね》にしているかのようにみえる旅芝居などにのめりこんだりしてどうなさろうというのか。旅芝居の世界は、たしかにおもしろくないこともないが、彼女の作風と文体は、因循でもあれば姑息でもある旅芝居の世界に適《あ》うだろうか。これは褌《ふんどし》を電気洗濯機で洗うよりも、ディスコへ草鞋《わらじ》がけで出掛けて行くよりも、また煙管《きせる》にデュポンのライターで火をつけるよりも、そして青山のアイスクリーム・ショップ「ハーゲンダッツ」へ辻駕籠《つじかご》で乗りつけるよりも、もっとそぐわないミス・マッチではないだろうか。——と、まことに礼を欠くことだけれど、多少なりとも芝居の世界の内幕を知る者の一人として、そんな心配を抱いたのだった。ところが、それはまったくの杞憂《きゆう》だったのである。粗悪な紅《べに》や水白粉《みずおしろい》の匂い、桟敷《さじき》や便所にまかれた消毒薬の匂い、吊り道具の綱元《つなもと》に渦巻く埃の匂いなど、悪場所の妖《あや》しい匂いのいっぱいに立ちこめる旧《ふる》い世界を、皆川さんは持ち前の、理知の光かがやくばかりの視線で捉えなおし、まったく新しい芸道小説を創り出したのである。いま、うっかり、芸道小説という出来合いの、手垢で汚れた用語を使ってしまったが、この一冊にまとめられた皆川さんのお仕事にそんなレッテルを貼ってしまってはいけないので、芸道小説の枠組を充分に意識した上で、新・心理小説を開拓されたと云い直したほうがより正確だろう。

さらに皆川さんはどの作品にも推理的要素という糖衣を着せもなさったので、どれもみなおもしろい。蛇足ながら皆川さんの旅芝居の世界への沈潜は、この一冊のほかにも『恋紅《こいべに》』という余禄を生み、彼女はこの『恋紅』によって第九五回の直木賞を得られた。こうなると「彼女の作風と文体は旅芝居の世界に適《あ》うだろうか」どころではないのであって、旅芝居の世界こそは皆川博子という書き手の黄金鉱脈だったのである。皆川さんが旅芝居に夢中と聞いて奇異に思った筆者などは、先の読めなかったことを恥じて悶死しなければならぬところだ。もうひとつ蛇足をつけ加えれば、本巻所収の『旅芝居殺人事件』によって皆川さんは第三八回日本推理作家協会賞を得ておられる。

芝居というものは、どなたもよくご存知のように、舞台の上の役者、客席の観客、この両者が一堂に会する場所としての劇場＝芝居小屋、そしてこの三つを目立たぬように支えている裏方と表方、以上の五つの要素から成立している。この五つのなかでもっとも目立つことのない日蔭者は表方で、これまで芝居の世界に題材を仰いだ作物《さくぶつ》は少くないが、この表方を芯に据えたものは稀だった。欧米ではプロデューサー制が確立しているから、表方の頭目《とうもく》ともいうべきこのプロデューサーを主役にした小説や映画や芝居がないでもないが、わが国では表方の役割は曖昧模糊としており、そのせいもあって物語の芯にはなりにくいのである。そこで芝居の世界を物語化する場合、一が役者、二も役者、三四がなくて、五が役者とお客のだれかとの絡み合い、ということになってしまう。要素が五つもあるのに、作者の目はほとんど役者にしか注がれることがないので、物語の構造は浅く弱く、まことにあぶなっかしく、そこで作者は過剰な情緒やなくもがなの色模様へ逃げ込むのが常だった。ところが皆川さんは『旅芝居殺人事件』で、主役と語り手とを兼ねる最重要人物の座に、表方の代表ともいうべき芝居小屋の若き女支配人を置いた。それも、物語をただ語るという外側の位置にではなく、物語の核心に女支配人を埋め込んだのである。表方は常に冷静でなければつとまらない。したがって彼女の語りの客観性は常に保証されている。この作品は推理小説でもあるので、読者は彼女の語りに安心して寄り添い、事件の中へ入って行くことができるのである。この作品がなによりもまず推理小説として成功したのは、どんな場合であれ冷静である外はない表方を語り手に据えて読者の案内役をつとめさせたところに拠《よ》っている。また、表方を報告者にしたことで、役者も、観客も、裏方も、そして芝居小屋の息遣いさえもよく見えて、物語は五本柱の堂々たる構造を備えるに至った。結末近く、いくつものドンデン返しの連続技がつぎつぎにきまるのも、構造ががっちりしているからである。――このように従来、刺身のつまよりも粗略に扱われていた表方を中心に据えた皆川さんの方法は、彼女に〈本邦初演の新機軸〉という栄誉をもたらしたばかりではなく、作品そのものに〈上々吉〉の質をも与えたのである。

ときに本巻を読了された読者諸賢はかならずや、「芝居小屋の妖気、毒気、鬼気、殺気といったようなものがよく出ているなあ」と感嘆なさったにちがいない。そしてまた、「およそ気の描写などというものは、言語表現のもっとも苦手とするところではなかろうか。それなのになぜ……」と首を傾げられた方も多いのではないか。

さきほど筆者は芝居の成立要素として、役者、観客、劇場、裏方、表方の五つを挙げたが、このほかにも芝居というものを考察する手段があって、たとえば筆者は、芝居小屋という幻想空間は光と闇から成っていると考えている。そしてとりわけ芝居小屋がつくり出す闇に意味があると思われる。べつにいえば、わたしたちは劇場へ、さまざまな闇を体験するために出向いて行くのである。突然、余談になるが、ニッポン国の消防署はその意味で演劇の怨敵である。彼等は場内の出入口の灯りを常につけておくよう脅迫する。事故が発生したときに出口がわからずに混乱が生じては困るからだそうだ。

日本の役人はどうして大《だい》の大人の一般市民をこうガキ扱いするのかよくわからないが、それはとにかく、あの出入口の灯りがさまたげとなって、日本の劇場は真の闇というものをつくり出せないでいる。

さて闇は観客の想像力の母である。闇の中で時間が飛ぶ。数秒の闇が数年の経過を意味することさえある。そのあいだに、陰謀が企てられる。不義がはらむ。善人は謀殺され、美人は老婆に成り果てる。孝子は苦労し、悪が栄える。数秒の闇のあいだに、ありとあらゆる不幸が懐妊する。観客は物語の流れに導かれながら、闇の中で悪が跳梁するのを体験するのである。そして舞台に照明《あかり》が戻ってくるや、観客は、善が、闇の中で成長した悪と戦うのを観るのである。これが芝居の本質なのではないかと筆者は愚考する。大衆演劇や大劇場演劇に「チョンパッ」と称する手法がある。――場内が暗くなる。真の闇しばらく。と舞台や花道から若い踊子たちの黄色い声、「東京踊りはヨーイヤサ」。とたんに柝《き》がチョンと入り、照明がパッと点って光の洪水。――これはSKDの常套手段《ルーティン》であるが、この「チョンパッ」で観客席のわたしたちが、わけもなくうれしくなってしまうのはなぜか。闇が育てた不幸や悪が、そこまで行かなくとも、なんとはない不安が、光にさらされて滅ぶだろうことを信じるからである。こういう次第で、芝居小屋の妖気や毒気や鬼気や殺気は、芝居小屋がつくり出す闇の嫡子なのだが、ここで本筋に戻れば、皆川さんは、ほとんど偏執狂的に、芝居小屋の闇を描く。とくに『旅芝居殺人事件』では、闇がもう一人の主役といってもよいほどである。筆者の論で行くなら、芝居小屋の闇をここまで書き込んだ作品が、芝居小屋の妖気、毒気、鬼気、殺気を写し出さぬはずはないではないか。

（皆川博子著『旅芝居殺人事件』文春文庫　一九八七年九月）

著者の修辞技法は修辞なき文を癒す——別役実『当世病気道楽』〔書評〕

これはレトリックの教科書でもある。有史以来、人類は、少なくとも三〇〇、多ければ一五〇〇に近い修辞技法を発明したといわれる。数に開きがあるのは、だれ一人正確にかぞえた学者がいなかったのと、学者や学派によってかぞえ方にちがいがあるせいだが、とにかく修辞技法は山のようにあるのであって、そのたくさんの技法を著者は意のままに用いて、想像力さえあれば、そしてその想像力を育《はぐく》むレトリックという名の産婆役、乳母役の助けを借りるならば、お釈迦様でさえ「処置なし」として、生・老・死の三つとくっつけて放り出した「病」というやつを知的に征服できることを証明したのである。

その絢爛たるレトリック駆使法のごく一部を紹介すれば、たとえば記述の基本は緩叙《かんじょ》法である。「試みられていないわけではない」「いささかわずらわしいことになるかもしれない」「ということは言えそうである」「——してしまいかねない」「恐らくそのせいである」「——しつつあるかもしれないことを否定する——はないのである」「と言っても過言ではない」「ほとんど——であると考えていい」。

ものごとをすべて控え目に慎重に述べるこの技法は、部分を全体に拡大し、全体を部分に丸め込み、伝聞を積みかさね、ウソとホントとの境界線上にある俗信を寄せ集めて、新しい病気像を築き上げるためには、どうしても必須の武器だった。不確かなことがらを直叙し、断言しつつ積みかさねては、かえってウソが露呈する。ところが緩叙法でやられると、読む方は、「そうかもしれない」→「たぶんそうだ」→「きっとそうにちがいない」と信じてしまう。そして気がつくと、著者の見方にしっかりと嵌まり込み、思わず吹き出してしまっているのである。

逆説も多用される。「健康というものは中毒するものであるから、専門医の助言によりほんのちょっと健康の方向へ押しやられたものは、たちまちそれに酔いしれ、さらに過剰なる健康へ自らとめどなく突っこみはじめる。健康でなくてはいられなくなるのであり……」。一読しただけでは、「健康中毒」とは不合理、しかしよく考えると、健康病患者がゴマンと存在するのはまぎれもなく事実であるから、すなわちこれは真理である。著者は、このように読む者をハッとさせて、そののち納得させる。ハッとしウームと唸る、この繰り返しが快適なリズムをつくりだしている。

そのほか、引喩や諷喩やイロニーが氾濫し、読者を片時も休ませてくれない。伝染や感染などの他者との関係性を重視する独得の視点のおもしろさ、たくさんの秀抜な定義、それまでの記述をひっくり返してしまう教訓の欄、著者の芸はほとんど名人の域に達している。

そして著者が挑戦し、かつ、治療しようとかかっているのは、昨今の「平易で正確な伝達文章病」ではないかと思われる。いまや大半の文章が「情報文《おしらせ》」である。もちろん情報文に罪はない。ときには有効でさえある。だが、人間は「考える存在」であり、言葉とレトリックによって、ありもしないものでもあらしめることのできる生きものだ。本書こそ、そのありもしないことをあらしめた証拠品なのであるが、同時にこれは、なんの曲もなく情報文を書き散らし、自分が「考える存在」であることを忘れてしまっている現代の人間の病患を照射しつつあるかのようだ。とにかく、たのしい仕掛け

を味わうためにも速読しては損な本である。（『朝日ジャーナル』一九九〇年四月十三日号　朝日新聞社）

たけしさんへの手紙　〔ビートたけし著『浅草キッド』解説〕

昭和四十七年の夏のある午後、浅草フランス座のエレベーターに乗り込んだところ、じつに不機嫌そうな表情の青年が、「いい大人が真っ昼間から女の裸を拝みにきたりしていいのかよ」と、小声で毒づきながら面倒そうにボタンを操作していたのでギョッとした覚えがありますが、あのときの不機嫌な青年はひょっとするとあなただったのではないか。『浅草キッド』を読んでそう思い当たりました。時期も合うようですが、ちがっていたらごめんなさい。いずれにもせよ、あなたが、わたしがそうであったように浅草フランス座進行係からこの世界に入ったと知って、「解説」などというものを鹿爪らしく書くのはやめました。

それにあなたの文章には、たとえ井上雅義さんというあなたの浅草フランス座での同僚の筆が少し入っていたとしても、とても喚起力があって、読み進むうちに自分の浅草時代のあれこれを次々に思い出してしまい、なんだか懐かしさが胸に溢れてきて、この作品と充分に距離をとって解説するなどということはできそうもないのです。そこで勝手に手紙を差し上げることにしました。

ときに余談ですが、この『浅草キッド』の構成をした井上雅義さんは、一時期、〈直木賞希望作家・井上ひさしぶり〉という変わった筆名でエッセイを書いていた青年ではないでしょうか。だとしたらどうかよろしくお伝えください。

わたしが進行係をしていたのは昭和三十一年から三十二年にかけてですから、あなたより十五、六年前ということになります。ちょうど渥美清さんが結核療養所から復帰したときで、長門勇さんもいれば谷幹一もいて、いまから思えばたいへんな黄金時代でした。夜の部にはテレビ局へ仕事を貰いに通っていた関敬六さんが飛び入りしたり、ときには常盤座の森川信一座に参加していた佐山俊二さんが通行人で出たり、新宿フランス座から石田暎二さんや三波伸介さんが応援に来たり、ほんとうに賑やかなものでした。あとで知りましたが、小沢昭一さんや加藤武さんなども常連だったようで、客席の方も豪華版だったわけです。

建物はあなたの時代とは少し様子が違っていました。まだ改築される前のことで、いまの演芸ホールがフランス座として使われていたのです。四階には衣装倉庫や看板倉庫や道具置場がありました。徹夜稽古になるとそのあたりが踊り子たちの臨時の寝室になったりしました。あなたの時代はその四階にフランス座が移ってきていたのだと思います。

そのころはストリップショーの「古き良き時代」で踊りの音楽はすべて生《なま》でした。上手舞台と客席との間に三畳間ほどのボックスがあって、その狭いところに、ドラム、ピアノ、サックス、トランペット、トロンボーンと楽士が五人も入っていました。バンドの技量は、お世辞にも上手とはいえないけれど、踊り子たちの動きと妙な具合にうまく合って、とてもいい感じを出していました。

先輩風を吹かせようとして、こんなことを書いているわけではありません。たしかに演目《だしもの》の構成も質も、そして劇場そのものも違いますが、踊り子気質《かたぎ》や周辺の飲み屋や食べ物屋の人たちの心意気のようなものはまるで同じで、そこで『浅草キッド』を読んでむやみに懐かしくなったのです。よくぞ再現してくださったと、お礼が言いたかったのです。

ただし、わたしたちの時代には深見千三郎という存在はなかった。当時の楽屋には「師匠」というものはいなかったように記憶しています。だれもかれもが若く、そして浅草フランス座を中継点にして、いい意味で出世しようとしていました。黄金時代だったせいでしょうか、年輩の役者は巧妙に排除されていました。人生をたっぷりと蓄えた役者はなぜか見当たらなかった。もっと簡単に言いますと、座長というもののいない戦国楽屋でした。したがってわたしたちの時代は、あなたの『浅草キッド』が醸し出している、好ましい師弟間の情愛には欠けるところがあったような気がします。この作品のすばらしさは、深見千三郎という人生を半ば諦めかけた老俳優とこれから世に出ていこうとする若い俳優との心の交流がじつによく書けているところにありますが、わたしたちの時代はそういう関係をつくりたくとも、肝心の師なるものが不在でした。劇場そのものが若かったのでしょうが、『浅草キッド』の全体を貫く師の存在を羨ましく思いました。

ところで、わたしの周囲では、「ツービートという凄いのが現れた。とくに突っ込みのたけしというのは十年に一人出るか出ないかというような天才だ」と言い出したのは山藤章二さんです。山藤さんに教わってあなたを追い始めたのですが、例の「赤信号みんなで渡れば怖くない」にはすっかり降参してしまいました。わたしたち日本人の情けない正体をこれほどずばりと言い当てたことばは珍しい。そしてあなたの才能に軽い嫉妬を覚えると同時に、「ちくしょう、このみんなで渡ればという性格をどうにかしないうちは日本人の芽はないぞ」とも考え、いまでもそう考えています。あなたはたぶんコメディアンの扮装をした新しい型の思想家なのかもしれない。そういう人物を同窓に持つことのできた不思議な幸運を『浅草キッド』を読みながら静かに嚙みしめたところです。では、いっそうのご活躍を祈ります。

（ビートたけし著『浅草キッド』新潮文庫　一九九二年十一月）

◇一九八七年『週刊明星』に、「たけし軍団」に近い作家志望の「井上ひさしブリ」氏による、『北の屋家族』レポートが連載されていた。これをふまえている。

大笹吉雄『現代演劇の森』〔書評〕

この四五〇頁を一口で言えば、「寺山修司が亡くなってから現在に至るまで、すなわち、最近十年間の、それも日本のみならず、近くはアジア、遠くはアメリカ、イギリス、そして旧ソ連、広くは全世界に及ぶありとあらゆる演劇表現の証言集」ということになる。たいへんな俯瞰能力だ。では大味な理屈の本かと思えばそうではなく、この本の随所にちりばめられた芝居群の筋書の要約を読めば、著者が特別仕掛けの拡大鏡をも持ち合わせていることがわかる。その拡大鏡が、ある夜、ある劇場でどんな奇跡がおこったか、そしてそれはどんな理由でおこったかを的確に記述している。このような、広く見ながら深くも見るという難しいことが軽がると実現するのは各所に秘められた見識の力による。

〈……刑事囚より政治囚の表現にリアリティーがあるのは、新劇団の体臭だろう。〉

何百回もの劇場体験がないと、こういう一行は出てこない。そしてこういう一行がいくつも集積して「広くも見ながら深くも見る」ということが実現した。ところでこの十年間の日本の演劇動向を著者はどう見るか。〈前衛の消滅とリアリズム回帰、新劇の復権〉である。

現場の渦巻に巻き込まれている一人としてあっと唸ってしまった。事情はまったくその通りだ。文化状況に興味を持つ人には必携の一冊。

（『すばる』一九九三年八月号　集英社）

千田先生の巨きさ〔追悼〕

もう一息というところで中絶しているのだが、拙作に『一分ノ一』（「小説現代」連載）という小説があって、その設定はこうである。戦後の日本国は米英ソ中の四ケ国に分割占領されてしまっている。東京も四ケ国の共同管理、六本木の、今の俳優座劇場のあるあたり一帯はソ連の管轄下にある。俳優座はモスクワ芸術座の分院になっていて、そこに君臨する大演出家がコレヤイ・センダンチェンコ。ソ連の管理下にある日本人はロシア式に名乗らなければならないからこんな名が付いたわけだが、もちろん千田是也先生のお名前をいただいたのである。名前をもじったからと云って千田先生をからかおうとしたわけではなく、むしろ話はその逆、それは日本国独立運動の陰の仕掛人が、このセンダンチェンコ先生であることからもお分かりいただけるはずだ。

ここでささやかな注釈をつけさせていただくと、高校三年のときに市川昆監督の『青色革命』（一九五三）を観てから、俳優千田是也の熱狂的なファンになった。映画の中で千田先生は、学問上の論争に破れて大学を去ることになった男やもめの歴史学者。世間智に疎い父親を軽蔑する息子のからかいに耐えながら、陽の当たる縁側で籐《とう》椅子に寝そべって横文字を読んでいる姿が今でもはっきりと目に浮かぶ。

「たしかにここに学者というものがいる」

高校生にもたしかにそう実感することができた。それ以来、先生の出演された映画は一本も逃さず観てきている。この蓄積がものを云って、自作をウンヌンするのはどうかと思うけれども、『一分ノ一』という小説の中では、センダンチェンコ先生だけは生き生きと描かれている。

五年前、わたしたちの発行している雑誌に演劇評論家の扇田昭彦さんが千田先生の聞書を書いてくださることになり、そのご挨拶に六本木の御自宅にお邪魔した。直《じか》にお目にかかるのは初めてだった。目の前に坐っている男がセンダンチェンコなどというけしからぬ名前を発明して、自分を滑稽小説の主人公にしていることを御存じかどうかそれは判らなかったが、とにかく、初中終《しょっちゅう》、笑顔で応対して下さった。そのうちにわたしが、

「先生より演技の上手な俳優を知りません」

と云うと、そのときばかりは表情をきびしく引き締めて、

「冗談じゃありません。ぼくよりうまい役者は大勢いますよ」

とおっしゃった。

「少なくとも、瀧澤修はぼくよりはうまい」

「どんなところがうまいのでしょうか」

「瀧澤修とぼくとが舞台で対話をしている図を想像してください」

云われた通りにその図を想像した。

「すると、いつの間にか、ぼくが観客席に背を向けているんだ。わかるかな。役者というものはお客に自分の顔を見せていくらという職業です。お客に顔を見せないうちはなにも始まらない。だからどんな役者でも、正面を向いて芝居がしたいんですよ。瀧澤修にはそれができるのです。こちらがどんなに警戒していても、気がつくといつの間にか、ぼくは修ちゃんの動きに釣られてお客に背を向けてしまっている。そして修ちゃんのその動きをどうにも防ぎようがないんですよ。こんなことは彼の外にだれもできませんな」

あの大部の俳優論を著した新劇運動の指導者がなんという稚気に溢れたことをおっしゃるものだろう。芸術は、精神としては「子どもの気分」で行う仕事であり、その芸術家が偉大であればあるほど、どこかに子どもの気分を色濃くのこしている。わたしはこの稚気満々の演技論を聞いて、ああ、この人は巨きいと思った。わたしなどももっと子どもっぽくならなければだめだ。


（『ＪＯＩＮ』第九号　一九九五年二月　日本劇団協議会）

◇千田是也氏は一九九四年十二月二十一日に亡くなった。

千金万巻より重い一冊――大平和登著『ブロードウェイの魅力』〔書評〕

この書物を一ト言で評するなら、「見かけは小ぶりだが、中味は千金万巻よりもはるかに重く、じつに貴重な一冊である」と云うよりほかにないだろう。

「中味が千金万巻より重い」のは、ここで披露されている著者大平和登氏の膨大な知識が、その一片半片に至るまで、三十二年にわたるニューヨークでの生活にしっかりと裏打ちされていることに由来する。それもただの「生活」ではない。東宝のニューヨーク代表としてブロードウェイ・ミュージカルを買い付ける立場からの、彼地の演劇人たちとの密度の濃い交際から生まれた実体験、それに裏付けられているのでどんなに小さな知識にもいちいち生きた血が通っているのだ。

たとえば、彼地にはバッカーズ・オーディション(「出資者公募」とでもなるだろうか)という制度がある。日本の演劇人たちにも輪郭ぐらいはぼんやりと知られている制度であるが、著者はこれにはっきりとした定義を与えた上で、次のような挿話、それもその当事者からじかに聞いた挿話を付け加える。戦後のミュージカル史を語るときにどうしても逸することのできないあの不朽の名作、デール・ワッサーマンの『ラ・マンチャの男』が、一九六五年の初演時には、一向に目ぼしいバッカー(出資者)が現れず、〈仕方なしに、ワッサーマンはハリウッドの映画脚本を書いて得た自己資金を全部投じてブロードウェイで勝負に出た。その結果、今日に至るまで『ラ・マンチャの男』は世界中でヒットし、莫大な著作・上演権利金を氏にもたらすことになった。「バッカーがいなかったことが、

結果的には私を助けた」と氏は語るのである。〉（六八頁）

こういった直話が豊富に、そして惜しげもなく随所にちりばめられることによって、ショービジネスの専門用語が、いかに分かりやすいものになり、そしてその現場がいかに生き生きと目の前に立ち現れてくるか。読者はその魔術をじかに確かめられるがよい。ほんとうにこれは不思議な体験だ。

なによりも著者には、その青年期に文芸評論家河上徹太郎氏に師事した時期があり、そのころの修練がものをいってモノゴトやデキゴトを正確に、しかし滋味充分に語るという文章力が十二分に備わっているから、この書物は、その点でもまことに目覚ましい一冊になった。

そしてこの一冊に終始、見え隠れしている主調音は、「ブロードウェイを『世界演劇の十字路』にしよう」と、官と民とが一体になって、現実を変えて行こうとするその戦いぶりである。教育や消防や医療や福祉と同じように、演劇も社会生活に欠かせない重要な要素なのだという、ニューヨーク市民の熱い思いが頁を開くたびに伝わってきて、そのことがこの一冊をすぐれた文明論にもしている。

（『学燈』一九九五年三月号　丸善）

締切前後の編集長　〈追悼　石和　鷹〉

かねてから集英社に一人の豪傑がいると聞いていた。といっても、かれこれ二十年も昔のことだが、とにかくその噂によれば、新宿のバーで部下と機嫌よく呑んでいた彼《か》の豪傑は、その部下が「会社を辞めて独立の編集者になることにした」と言うのを聞くや、出入口のドアを塞ぐようにして、大の字

に寝て、

「どうしても辞めると言うなら、おれの屍《かばね》を越えて行け」

と呼号したという。この噂を耳にしたとき、集英社にはずいぶん部下思いの豪傑がいるのだなと思ったものである。この噂にはつづきがあって、件《くだん》の部下はあっさりと、

「……わかりました」

と言い、豪傑を軽く跨ぐと、バーからも、そして会社からも去って行った。豪傑はそれから夜明けまで声を放って泣いていたそうだが、この豪傑というのが、後で知ったが、「すばる」編集長の水城顯さんだった。

水城編集長時代の「すばる」に、わたしは、『しみじみ日本・乃木大将』『頭痛肩こり樋口一葉』『きらめく星座』『化粧』といった戯曲を次次に掲載してもらった。自分の才能の限界内で、という但書きがつくが、どれも悪くない出来栄えで、今も、わたしたち「こまつ座」の米櫃《こめびつ》になっている。

戯曲は、多くの場合、集英社の会議室に缶詰になって書いた。担当してくださっていた高橋至さんが、じつによく芝居のわかる人で、わたしは高橋さんを観客に見立てて筋書きや台詞を語り、彼の反応が「吉」と出れば、それを書くという作業をすればよかった。そこで、演出の木村光一さんはじめ稽古場のスタッフ、キャストのみなさんは、わたしが集英社に出かけて高橋さんの管理下に入ったと聞くと、

「それならもう、出来たと同じだ」

と歓声を上げていたらしい。もとより、高橋さんは正直な人だから、容易なことでは彼の顔上に

「吉」は浮かばない。そこで何度となく骨身を削ることになる。

校了日がやってくると、真っ赤な顔をした水城さんが現れ、上機嫌の高声でとりとめのないことを四、五分、喋るとさっと引き上げる。その間、絶え間なく煙草を吹き上げては酒の匂いを消していた。初めは、こっちが骨身を削って苦心しているところへ酒の匂いをさせて入ってくるとはけしからんと思っていたが、そうではなかった。

「このように機嫌よくお酒がのめるのは、他がすべて校了したからです。残っているのはあなただけですよ」

言葉で急き立てたりすれば、書き手に多少は圧力が加わる。そこで水城さんは赤い顔を使って、わたしを急き立てていたのだ。そのあたりは、やさしい、細心な人柄だった。

水城さんの豪傑ぶりを見たのは、『吾輩は漱石である』という戯曲を書いたときである。修善寺の大患の際、漱石は三十分間、意識不明に陥る。その三十分間、生涯かけて読者に「個の確立」を訴えていたこの文学者の意識下に何が起こっていたのか、それを書こうと苦心していた。漱石本人でさえ分からないことを、赤の他人が書くのだから悪戦苦闘は当たり前である。水城さんは、二百枚分のページを確保してくださったが、わたしは校了日の当日になっても八十枚あたりでうろうろしていた。会議室へ例によって赤い顔で現れた水城さんは、上機嫌で隣りの敷地に建つ女学校の噂話をした後、部屋を出て行きしなに、こう言った。

「あと一週間、時間を差し上げます。来月の二日までがんばってください」

「発売日は五日ではないですか。たった三日で、校正をして、印刷して、製本をして、取次ぎを通して、そして書店の店頭に並べることができますか」

「作家がそんな心配をして、どうするんですか」

水城さんはからからと高く笑って出て行った。結局、問題の二日まで、第一幕、約百枚、書き上がっただけで終わった。そしてページの半分が自社広告で埋まってしまった。

「みっともない雑誌をつくるものだなあ」

と他誌の編集者たちが笑いものにし、新聞や雑誌のコラム欄が何回も話の種にした。

落ち着いてから、

「雑誌の評判をすっかり落としてしまって、申し訳ありません」

と詫びると、水城さんは例になく真顔になった。

「じつは代わりの、二百枚分の小説を用意していたのです。ですから、わたしには二つの選択肢があった。しかしわたしはあなたの戯曲を選んだ。つまりこれはあなたを選んだわたしの責任です。代わりの小説もいいものですよ。次号に掲載しますから読んでみてください。さて、どこかへ呑みに行きますか」

この、豪胆にして細心の快男児はすでに別の世界へ旅立ってしまった。こうしてわたしのいる世界は淋しくなる一方である。


（『すばる』一九九七年七月号　集英社）

◇水城顳は学生時代から小説を執筆。『すばる』編集長を経て、のち作家として独立した。筆名・石和《いさわ》鷹。一九九七年四月に亡くなった。

定説破りの快作──渡辺保『黙阿弥の明治維新』〔書評〕

世に黙阿弥伝説というものがある。なにしろ、この歌舞伎狂言作者は、〈三世紀に亙る我近世演劇史上、一作家にして前幾代かの蘊蓄を兼該し、其最終の集大成者……眞に江戸演劇の大問屋なり、徳川平民文藝の羅馬帝國なり。卽ち彼は一人にして一大都會なり、一身にして數世紀なり。〉(逍遥)といわれるほどの存在だけに、その伝説は五六十にも及び、しかもそれがいつのまにか伝説を超えて定説となり今日に及んでいる。

なかでも、もっとも有名な定説は(周知のところであるが)こうである。

黙阿弥は名優四代目市川小団次と組んで生世話物という新しい演目を発明、傑作名作を続けざまに世へ送り出す。これにたいして幕府は、「生世話物なるもの、人情をうがちすぎ、風俗にもかかわるゆえ、今後は人情世情そのままのことを芝居に仕組んではいけない」と申し渡す。このお達しを黙阿弥が病床の小団次に伝えると、

〈小団次の面色見る〳〵青筋張り、こめかみビク〳〵と動いて床の上へ起上り、「エ、そんな事ですか、それぢやあ此の小団次を殺して仕舞ふやうなものだ。ネエお前さんモツト人情を細かに演《し》て見せろ、モツト真個《ほんたう》のやうに仕組めと言つてこそ芝居が勧善懲悪にもなるんぢやあ有りませんか、見物が身につまされないやうな事をして芝居が何の役に立ちます、私は病気は助かつても舞台の方は死んだやうなものだ」……小団次は一夜の中に面も痩せ目もくぼんで、翁(黙阿弥)の顔を見て、「どうも詰

らねえ事になつたもんだ」と凄い笑を洩らせしが、これより病《やまひ》革《あらたま》りて死したるなり。小団次自ら云ふ如く、実に、此のお達しは小団次を精神的に先づ殺したるものなりと、翁も憮然《(ママ)》として語られたりき。〉(饗庭《あえば》篁村が聞き取った黙阿弥の直話)

とにもかくにも黙阿弥の直話だから、筆者などもすっかり真に受けて、「小団次の死因は幕府からの申し渡しにあり」という定説を軸にしてその一生を劇に仕組んだくらいであるが、『黙阿弥の明治維新』の著者はちがった。確かな資料を、名探偵そこのけの手順で綿密に組み合せ、右の定説を木っ端微塵に粉砕してしまう。この、胸のすくようなみごとな推理を、著者がどのようにあざやかに展開しているか、それは実物で直《じか》に味わっていただくしかないが(つまり買って読んでいただくしかないが)著者が得た結論はこうである。

幕府の禁令が小団次憤死の主因ではなかった。その年四月(旧暦)に入っても去らなかった涼気が、病床にあった小団次に「肺炎」をおこさせ、それが直接の原因で彼は死んだのである。さらにここが眼目であるが、

〈あの禁令によって衝撃を受けたのは小団次よりもむしろ黙阿弥自身であった。……小団次の死を迎えたいま、はっきりと黙阿弥の心に「幕府」に対する深い憎悪がうまれた。〉

黙阿弥は小団次憤死の顛末を語るとみせかけて、じつはおのれの真情を吐露していたのだ。著者は山のような資料を読み抜き、黙阿弥の直話すら疑って、この不世出の劇作家の胸の底で暗く燃えていた憎悪の炎を探り当てたのである。すべてを勁《つよ》く読み抜く力。その力によって、史上初めて、黙阿弥という人物の真の姿が明らかになる。こうしてこの一冊は、黙阿弥の胸の内に起こった精神のドラマ

を真正に写す貴重な伝記になった。

さらに、この深い憎悪こそ、黙阿弥の心に、自発的に「近代」を用意させた動力源だったと著者は説く。黙阿弥のように正当な心眼を持つ者たちは、外からそして上から押しつけられずとも、すでに維新前に精神の近代化をなしつつあった。そういう劇作家の書いた戯曲が「近代劇」でなかったはずはない。つまり黙阿弥は「新劇」の創始者でもあった。……強引にまとめると、このように著者は書いている。こうして、「日本演劇の近代化は、川上音二郎や二代目市川左団次や小山内薫にはじまる」というお馴染みの定説もみごとに覆されてしまった。

では、いったいだれが黙阿弥を「江戸」の枠に押し込んでしまったのだろう。著者によって、その代表として選ばれたのが永井荷風である。皮肉なことに荷風は黙阿弥に心酔しており、言葉を尽くして次のように褒めたたえている。

〈黙阿弥翁の作品を舞台の上に見る時、翁はいかに音楽的情調を喜んだ人であつたかを思ふ。……翁の白浪物は実際の人生から感興を得たと云はんよりは寧ろ三絃音楽が呼起す情調を其のまゝ巧妙に物質化したもの。単調で緩で低唱的な江戸音楽の美にいゝなせとか意気とか云ふ一種の舞台的形象美を一致させたものとしか思はれない。〉（『紅茶の後』）

著者は、さらに、荷風が黙阿弥劇の絵画的な美しさを称えていることも例証した上で、次のように云う。

〈荷風は黙阿弥の部分（音楽的で絵画的な。筆者注）を認め、全体を認めようとしなかった。つまり黙阿弥の生きた苦闘の全体を認めなかったのである。荷風が愛したのは極端にいえば江戸の黙阿弥であ

って明治の黙阿弥ではなかった。〉

いうならば、荷風は、黙阿弥の、体制に対する深い憎悪からうまれた近代精神が描き出すドラマを見ずに、音楽的なところ、絵画的なところのみに陶酔していたのである。そして次に著者は恐ろしい結論を出す。すなわち、この荷風の視点こそ、

〈現在の私たちまで規制している視点なのである。〉

この結論は、当然のことながら、現在の黙阿弥劇の上演方法に批判の刃を突きつけずにはおかない。私たちが観たと称している黙阿弥劇は、あやふやな定説にもとづいて音楽的側面と絵画的側面をむやみに強調しただけの、もっと具体的には、その線に沿ってカットされ、改変された、中途半端なものなのではないか。私たちはまだ、ドラマとしての黙阿弥劇を観ていないのではないか。

いずれにもせよ、定説が次つぎにひっくり返るのを見るのは爽快である。そして定説群を総崩れさせた後に、著者の提出する結論は、こうである。

〈ドラマの骨格、言葉の力を復活することが大事〉

もちろん、右には「黙阿弥劇の」という句がつくのであるが、劇を書く人間の一人として、筆者もこの一行を胸に深く留めておかなければならない。

（『新潮』一九九八年三月号　新潮社）

4　絶筆ノート

舞台は一人で作れない——第十七回読売演劇大賞 芸術栄誉賞　井上ひさし

舞台は一人では作れません。まず、いい戯曲がなければならず、つぎに、いい製作者がその戯曲に目を止めなければならず、さらに、その戯曲をいい演出家が深く読み解かねばならず、そして、いいスタッフとすばらしいキャストたちが、演出家の解釈をそれぞれその個性を生かしてみごとに実現しなければならず、なによりも、これらすべての作業を嘉納《かのう》してくださるお客さまがいなければならず……ここまで条件が揃《そろ》ったとき、舞台と客席との間、ちょうど幕が下りてくるあたりに、わたしはいつも芝居の神様の臨席を直感します。

いい仕事をしてお客さまによろこんでいただき、芝居の神様の降臨を仰ぐ。これがわたしたち舞台に携わる者の基本的な栄誉です。

これに加えて、たとえば、新聞の演劇評が劇作家の仕掛けをズバッと見抜いてくれたとき、雑誌の演劇評が演出家の意図を的確に言い当ててくれたとき、お客さまたちが俳優の魅力にじかに触れてくれたとき、この栄誉はいっそうその光を増す……と、このようにして、わたしたちは(いい芝居を作ってさえいれば)右に掲げた方がたから、毎日のように芝居者としての栄誉をいただいているのですが、そこへ今回、芸術栄誉賞という、そのものずばりのご褒美をいただいて、ほんとうに恐縮しております。舞台は一人で作れない。これは、スタッフ、キャスト、新聞批評家、芝居の神様など、劇場を仕事場にする方すべてに与えられた栄誉だと思っております。ありがとうございました。

＊文中の「嘉納」は、目上の人が喜んで受け入れる、という意味。

（『読売新聞』夕刊　二〇一〇年二月十日）

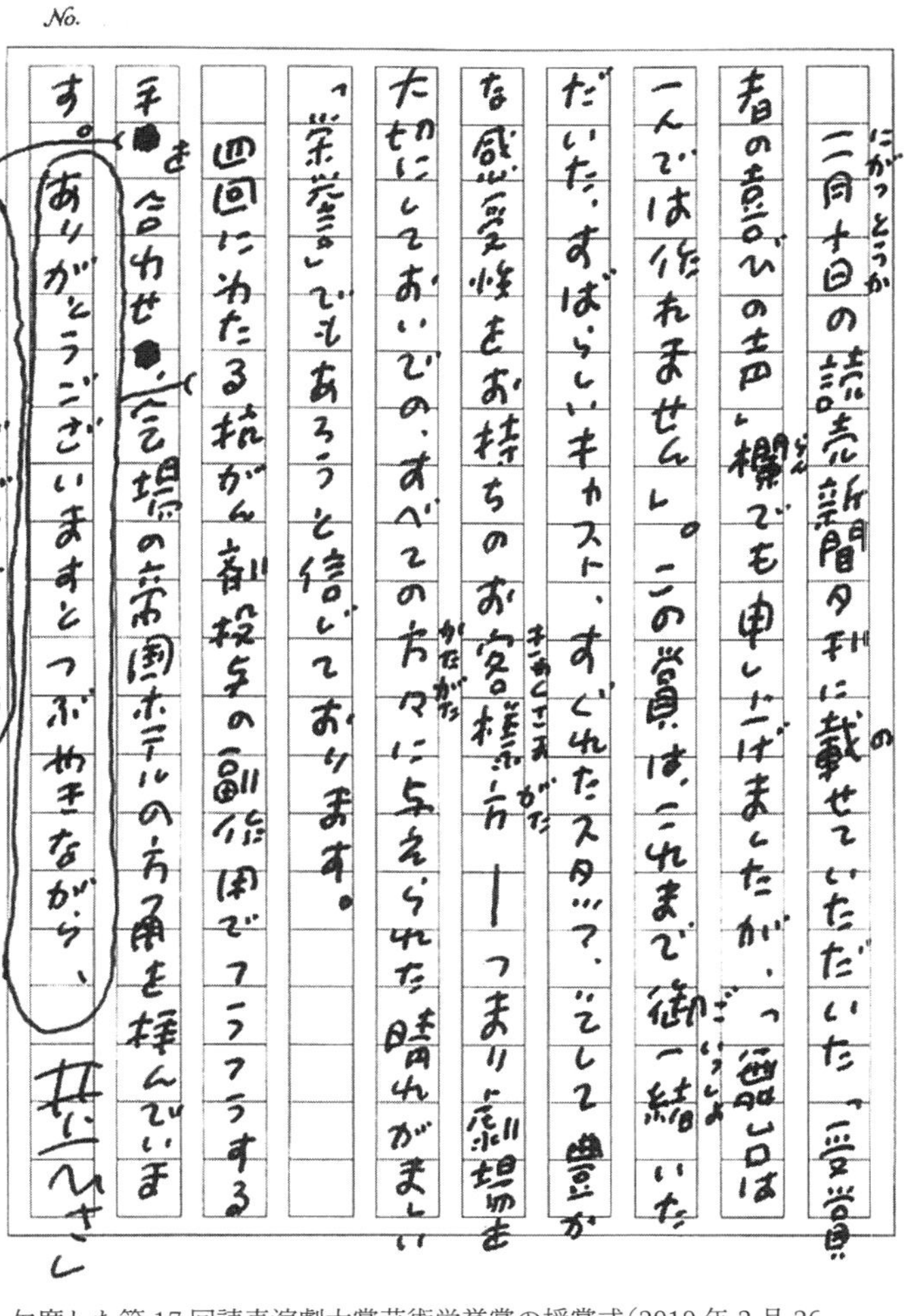
No.
二月十日《にがつとおか》の読売新聞夕刊に載せていただいた「受賞
者の喜びの声」欄《らん》でも申し上げましたが、「舞台は
一人では作れません」。この賞は、これまで御一緒《ごいっしょ》いた
だいた、すばらしいキャスト、すぐれたスタッフ、そして豊か
な感受性をお持ちのお客様方《きゃくさまがた》——つまり劇場を
大切にしておいでの、すべての方々に与えられた晴れがましい
「栄誉」でもあろうと信じております。
四回にわたる抗がん剤投与の副作用でフラフラする
手を合わせ、会場の帝国ホテルの方角を拝んでいま
す。ありがとうございますとつぶやきながら、
ありがとうございました。
井上ひさし

欄席した第17回読売演劇大賞芸術栄誉賞の授賞式(2010年2月26日)のために記したお礼の言葉の原稿．同年7月1日に行われた「井上ひさしさんお別れの会」のパンフレットに掲載された．

井上ひさし「絶筆ノート」

平成二一年(二〇〇九)
一〇月一九日(月)
「組曲虐殺」(天王洲・銀河劇場)にノーマ・フィールドシカゴ大教授、岩波新書編集部坂巻克巳、「すばる」編集部水野好太郎、成田龍一日本女子大教授、小森陽一東大教授の各氏総見。終了後、井上芳雄、小曽根真、神野三鈴のみなさんも合流して、第一ホテル食堂でカレーライスとコーヒーのセット(劇中の山中屋パーラーにちなみ)をたべる。
その帰途、家の前の石段を登る途中、突然、息が苦しくなる。あえぐ。ふいごの如く波打つ胸。全身に酸素を配送しようとしてフル回転する心臓。「死」を決意した数秒間。

一〇月二〇日(火)
家人に引き立てられて湘南鎌倉総合病院
徳田虎雄(一九三八―)外科医。鹿児島県出身。阪大卒
昭和四八年、大阪に徳田病院を開設。「年中無休」「二四

時間診療」の徳洲会病院の全国展開をはかる。

平成二年、衆議院議員(当選四回、自由連合)

(※編集部注　徳田氏のプロフィール貼りつけ)

の救急外来へ行く。担当してくださったのは中川嘉隆先生。竹中直人をもっと知的にしたような顔。この日の検査は、①血液検査②尿検査③心電図④エコー⑤X線など、ここで〈右肺の三分の二が胸水によって浸されている〉ことが判明。ここでユリはひとまず帰宅。そのあと、⑥CTスキャン⑦分析用胸水採取⑧酸素濃度判定。この間ずーっと四〇〇ミリリットルの点滴。午後四時から二四時三〇分まで。

タクシーを拾って帰宅。午前一時。鰻をたべて腹をこわす。

一〇月二四日(土)東京神田集英社
「すばる」座談会。司会成田龍一。ゲスト　ノーマ・フィールド。ほかに小森陽一・小生。コーヒーブレイクに煙草を吸ったがまずくてやめる。

一〇月二六日(月)
午後三時、ユリに連れられて湘南鎌倉総合病院へ。胸水を一〇〇〇cc(1ℓ)抜いてもらう。担当・谷川先生。

一〇月二八日(水)
湘南鎌倉総合病院で胸水を一五〇〇cc(1・5ℓ)抜く。体力、がくんと落ちる。体重も三日間で四キロ(!)減る。

一〇月二九日(木)
午後四時、湘南鎌倉総合病院内科で、北川部長先生から総合所見。肺癌。病期は第三ステージB。――このところ、一生を省り見て、己の至らぬところに思い当たること、二回あり。体各所のただれは免疫力の低下であったか……。
(※先生の説明のメモ貼りつけ)
北川先生は小生の眼の前で、茅ヶ崎徳洲会総合病院の呼吸器の名医を、ケータイでつかまえてくださった。名医の名は、大江元樹先生。

一〇月三〇日(金)午後三時。茅ヶ崎徳洲会総合病院の予約外来内科に大江元樹先生を訪ねる。すばらしい説得力をお持ちの方で、説明をうかがううちに、《ユリもそうだが、この先生方(中川、北川、大江の三国手)も、なんとかして患者に「最後の時間」を与えようとがんばってくださっている。私は、そのようにして与えられた時間を出来得る限り有効に使い、少しでも多くの作品を遺せばそれでいい》という一種の回心を得た。十一月二日午前十時に入院……と決めてくださった。

十一月二日(月)午前十時、ユリの助けを得て、タクシーで茅ヶ崎徳洲会総合病院内科(六階東棟)に入院。

カルテ・IDナンバー　八〇四一二三〇六　六E

主治医　大江元樹

担当医　引野幸司

　　赤澤賢一郎

　　日比野　真

　　橋本清利(点滴口の針入名人)

(※病室の絵入る)

第一日

採血の名人　メガネをかけた無口中年女性

レントゲン写真

夜「暴力的」にチェストブレードを装着される。

チューブを胸膜と肺の間まで突込み、胸水を採ってチェストブレードに貯める。チューブ先端を胸膜と肺に突き込むときの痛さ苦しさは筆舌に尽しがたい。たぶん、なまくらなアイクチを力まかせにグイグイと刺し込まれて行くような――

第二日以降
MRI
核医学
胃カメラ

（※最後のページ）

過去は泣きつづけている――
たいていの日本人がきちんと振り返ってくれないので。

過去ときちんと向き合うと、未来にかかる夢が見えてくる

いつまでも過去を軽んじていると、やがて未来から軽んじられる

過去は訴えつづけている

東京裁判は、不都合なものはすべて被告人に押しつけて、お上と国民が一緒になって無罪地帯へ逃走するための儀式だった。

先行きがわからないときは過去をうんと勉強すれば未来は見えてくる
瑕こそ多いが、血と涙から生まれた歴史の宝石

「ひさしさんが遺したことば」

井上ユリ

夫・井上ひさしが亡くなって間もなく二カ月になります。肺がんと診断されてから僅か五カ月余り、こんなに進行が早いとは思ってもいませんでした。おそらくひさしさんも同じでしょう。

昨年一二月にがんで闘病中であることを公表した後、「文藝春秋」編集部からひさしさんに「闘病記」の執筆依頼がありました。闘病記となればプライベートな部分も公表することになります。はじめは逡巡していましたが、「三人に一人ががんで亡くなる時代に、自分の体験をことばにして伝えることこそ作家の仕事だ」と、受けることに決めました。

すでに十月から、ひさしさんは病気についてノートに記録を始めていました。冒頭に掲載したのがその内容です。B5の厚いノートに一字一字記された日記は十一月初めで途切れていますが、その後も処方された薬や病院食のメニュー、胃カメラの写真からいただいたお見舞いの手紙まで、ありとあらゆる資料が几帳面に張られています。

最後のページに書かれた文章は、新国立劇場で上演する「東京裁判三部作」のチラシに掲載するコ

ピーとして、ひさしさんが年末まで考えていたものです。最終的には、「いつまでも過去を軽んじていると、やがて私たちは未来から軽んじられることになるだろう。」に決まりました。

「闘病記」について、ひさしさんはつねづねこう話していました。

「自分は医者でも専門家でもない。病気について詳しく追及するのは立花(隆・ジャーナリスト)さんたちに任せて、自分は〝ことば〟を書きたい。治療の内容や感じたこと、医者に聞いた話をことばにすることが自分の仕事なんだ」

「闘病記」を自分で書くことはかなわなくなりましたが、私のできる範囲でひさしさんの闘病中の〝ことば〟をお伝えしたいと思います。

「息が苦しい」

昨年九月末に小林多喜二を題材にした新作『組曲虐殺』を書き上げ、十月三日、初日の幕が開きました。翌週家族で短い旅行をした時に、食欲旺盛なひさしさんに日ごろほどの食欲が見られなかったことが気にはなりましたが、まだ執筆の疲れが残っているのだろうとそれほど疑問には思いませんでした。

ひさしさんが体の変調を訴えたのは、小森陽一さんやノーマ・フィールドさんと『組曲虐殺』を観に行き、食事をして帰宅した昨年十月十九日の夜のことでした。鎌倉の自宅につづく三十五段の石段を上る時に息が切れたようで、家につくとしきりに「苦しい」「つらいつらい」と言います。聞いてみると、食事の時から相当調子が悪かったようです。

翌日の午後に湘南鎌倉総合病院の救急外来に行ってレントゲンを撮影すると、右肺の三分の二近くまで水がたまっています。これが息苦しさの原因でした。水を少し抜いて苦しさも軽減され、取った水を検査に回してもらってその日は帰宅しました。あれだけ吸っていた煙草も、二十四日にきっぱりと止めました。持ち歩いていた手帳にも、「この夜から煙草を断つ」と書かれています。

病名の告知を受けたのは、十月二十九日の夕方です。四種類ある肺がんのうち、日本人に一番多い「腺がん」で、進行状態はステージⅢＢかⅣ。先生が丁寧に図を書いて説明してくださり、肺に水が溜まるということは、相当進んでいると思います」と言われました。湘南鎌倉総合病院には呼吸器の専門科がありません。先生は「責任を持って推薦できる病院がいくつかある」と名前をあげて下さいました。ひさしさんは「先生がこの人なら本当に信頼できるという方を紹介してください」とお願いして、茅ヶ崎徳洲会総合病院に決めました。

すでに相当な量の水を抜いていたので深刻な病気だと覚悟していたのでしょうか、ひさしさんは案外落ち着いていていました。

「今年書いた『ムサシ』も『組曲虐殺』も、よい出来だった。この二つが最後なら満足だよ。これで、出来が悪かったらつらいだろうけど。たくさん仕事して、社会的評価も得た。書きたいことはまだまだあるけど、欲を言えばきりがない。幸せな人生だよ」

そう言ってすっきりした様子でしたが、当然ながら私はそんな気持ちにはなれません。水の溜まる病気はいくつもあるし、簡単ではなくても気長に治療すればいい、と楽観的に思い込んでいて、がんなど想像もしていませんでした。肺から抜いた水が黄色がかっているのを見て「ひさしさんはユンケルばかり飲んでいるから、ユンケルロイヤルの色をしているよ」と冗談を言っていたくらいです。病気がかなり進んでいるなんて受け止められるものではありません。

翌日、二人で茅ヶ崎徳洲会総合病院に向かい、主治医になって下さる大江元樹《もとき》先生にお目にかかりました。不思議なことに、大江先生の柔らかな口調で治療方針などを伺っているうちに、「頑張れるな」と前向きな気持ちが湧き出てくるのです。ひさしさんも同じだったようで、昨夜は「もういいよ」と言っていたのに、この日は「よし。頑張ってみようか」と言ってくれました。

私の姉(米原万里・作家)もがんで闘病した末、二〇〇六年に亡くなりました。告知を受けた姉は徹底的に自分の病気について調べ、抗がん剤を嫌がって民間療法にも積極的に取組みました。その様子を知っていたこともあってか、ひさしさんは「自分は自然科学の素養もないし、医学の基礎知識もない。いくら勉強したって日々専門の病気と関わっている医者に追いつくはずもないから、病気については一切勉強しない」と決めました。昔からひさしさんは、信頼した人に自分をまるごと「預ける」ことができる人。大江先生に出会って信頼できると感じ、その治療方針にただひたすら従うことにしました。

十一月二日から入院し、抗がん剤治療の準備をするためにMRIや胃カメラ、CTなどさまざまな検査が始まりました。抗がん剤を投与する前に、肺に溜まった水をすっかり抜いて、さらに、水が溜まりにくくするため、胸膜と肺を癒着させせなければなりません。これはかなりつらかったようです。

入院した晩、夕食が済んで私と息子も帰り、「さあ、今日の記録でも書こうかとノートを開いた瞬間、突然病室に先生方が大勢入ってきたんだ。『水を抜くので、今までより少し太い管が入りますよ』

と言ったかと思うと、羽交い絞めにされ、あちこち押さえられた上、処置が始まって……」。皮膚の表面には麻酔を打ったものの、体の中は麻酔が効かないので、管が入った胸膜がぎりぎり痛む。胸膜は体の中でも三本の指に入るほど痛みを感じやすいところだといいます。あとで私には、「これからはヤクザがドスで刺すようなシーンをきちんと書けそうな気がする」と笑っていましたが、あまりの痛みに取り乱し、「家族を呼んでくれ」と叫んだため、帰宅していた私は看護師さんに呼ばれ、病院にとんでいきました。着いた時はすべてが終わったあとで、もう落ち着いていましたが。

その後しばらくは、会う人ごとに細いチューブを使った「牧歌的な」抜き方と違って、どれほど痛いものなのか詳細に説明し、「そうだよなあ、あれほど痛いとわかっていたら誰も承諾しないから、いきなり入ってきてダーッとやってしまうんだな」と医師団の早技に感心していました。

炊きたてのご飯が食べられない

第一回の抗がん剤投与は、十一月十日に始まりました。前述のノートとは別に、ひさしさんが抗がん剤の治療用冊子に残した、副作用についての記録を引用します。

11月10日(火)(第一回)点滴投与時、アリムタ(抗がん剤の名)で体中が熱を持つ／右手の指、少しふくらむ。しかし、たいしたことではない。／12時間連続投与点滴のためトイレへ

11月11日(水)起床時〜朝食時までまだ歴然とは現われず、わずかな食欲不振と食事時の小シャックリ1回(水を呑んでごまかせる程度)。

朝食時〜昼食時。全く、いままでの所、吐気なし。「すばらしい！」の大江先生。「これまで何人の患者が吐気で脱落したか」。

多少、ムカムカするが、通じのつかないときのムカムカと同じなので副作用の「悪心」かどうかはわからない。

夕食を思い切ってたくさんたべてみる。／体の位置を変えると、コホンコホンとセキが出る。これが唯一の心配事。

便秘によるムカムカ感／食欲不振の気味がある／水ぶくれ感

11月12日(木)半便通(力むと息切れ)

11月13日(金)正午、素うどん一玉！　みかん1ケ。

11月14日(土)突然発熱！／合併感染症！

ひさしさんが書いているように、第一回の抗がん剤投与の後は合併症を発症したために入院が少し長引きました。二回目からは火曜日に入院、翌日抗がん剤を投与し土曜日に退院、それからは週に一度通院しながら次回の投与に備えて自宅で静養します。お医者さまには抗がん剤は三週間間隔の投与が理想だと言われましたが、ひさしさんの場合体力がおいつかず、四週間間隔で計四回の投与を受けました。

投与が始まって数日後から、副作用との戦いが始まりました。ひどく気分が悪くなり、耐えがたいほどの吐き気に襲われるのです。「吐くと体力も使うし、自信を失う」とひさしさんは懸命に吐かないようにしていました。

投与から十日ほど過ぎると、徐々に吐き気がおさまってものが食べられるようになります。ところが抗がん剤の影響で、味覚もすっかり変わってしまいました。「つわりみたいね」と私は茶化しましたが、出汁《だし》の匂いが苦手になり、果物など酸っぱいものが欲しくなる。炊きたてのご飯に筋子や鮭を合わせて食べることが大好きだったひさしさんが、ご飯が炊けた匂いを嗅ぎたくないと言うのです。

麺類も、そば党だったのがうどんの方がよくなる。洋食の方が食べやすいというので、ボルシチやクスクス、ビーフシチュー、パエリアをよく作りました。テレビを見たりして「○○なら食べられそう」と言うのですが、実際に目の前にするとだめだったりします。味覚が変わるだけではなく、味の感覚も鈍くなる。味がしないのに、病気とたたかうために食べなければならない。つらかったと思います。

体力が落ちている間は、家にいても食事の時以外は横になっています。二週間ほど過ぎてだいぶ元気になると、家の中を歩いたり、書庫に入って本を探したり、食後の洗い物もしました。

二度目の投与は十二月です。

12月9日(水)アリムタ熱で着替える／点滴25：30まで。深夜ソー快。
12月10日(木)朝食／病院食洋食を珍しく80％たべる。10：45点滴開始

記録はここで終わり、第三回以降は残されていません。

十二月後半は体力も回復し、かなり元気な様子でした。年末には自宅にこまつ座のスタッフを呼び、一緒に食事をしたあと、三時間以上も今後の仕事について会議をしました。「疲れない？」と思わず声をかけたくらいです。

暮れもおしせまった二十八日に、近所の中華料理屋に行ったのが家族での最後の外食になりました。気軽に行けてゆっくり座れるからと、折々につかってきたお店です。

東大寺と南太平洋

入院中はもっぱらラジオを聞いていました。相撲中継が好きで、「普段はテレビで見てわかった気になっているけれど、耳からことばで言われると土俵の光景がより鮮明に浮かんできて全体がよくわかる」そうで、お気に入りは藤井(康生)さんと刈屋(富士雄)さん。一瞬の勝負を正確に伝えるアナウンサーとしての、技量の高さを褒めちぎっていました。

どこにいても、反応するのは「ことば」です。お医者さんの話を聞いても、「名医は患者のレベルに合わせて、病気のことをきちんと説明できるんだなあ」と感心していました。

がんとの闘いというこれまでにない経験のなかで、ひさしさんの使うことばも普段とは違いました。副作用でひどい吐き気に襲われていた時に、「空から東大寺を見るような感じだ」と言ったことがあります。自分の体が内側からひっくり返ってしまい、それを上空から眺めている様子と説明してくれるのですが、どうにもピンときません。行ったことのないはずの東大寺を例にあげたことがおかしく「万里の長城じゃないの？」と私が聞き返すと、「そうなると、もっとヤバイでしょう」と言う。よくわからないけれど、ひさしさんらしいと思いました。

またある時は、抗がん剤の副作用の便秘を解消するため下剤をつかって逆にひどい下痢になったのですが、看護師さんに状態を尋ねられ、「南太平洋みたい」と答えたそうです。看護師さんもぽかんとして、「えっ、南太平洋の海のように青いということですか」と聞き返すと、「いいえ、熱帯の海に黄色や赤の熱帯魚が泳いでいる感じです」と。

ひさしさんの比喩はお医者さんや看護師さんにもおもしろがられていましたが、本人は「皆さんにわかるように説明したいと思います」とかなり反省しているようでした。

自宅にいて、本を読む体力や気力がない時は、横になってもっぱらテレビを見ていました。普段はニュースやスポーツのほかは、「相棒」や「刑事コロンボ」など気に入ったドラマしか見ません。このころは時間はあるし、珍しいこともあって、ワイドショー、バラエティ、ドラマの再放送など何でも見ていました。直に飽きてしまいましたが、上沼恵美子さんの料理番組だけはすっかり気に入って、特に、上沼さんのことば、絶妙なギャグに「ほんと、天才！」と舌を巻いていました。あとはもっぱら、ドキュメンタリーや海外ドラマ、DVDです。最後の入院の時、息子に「来週家に戻るまでに、『ダーティハリー』を取り寄せておいて」と頼んでいました。

ひさしさんは家にいれば必ず、夜九時のNHKニュースと、続いて報道ステーションを見ていました。見ながら茶々を入れたり馬鹿なことを言うのが、私たちの一日の終わりの楽しみでした。門外不出の家庭内《ドメスティック》ギャグを考え、笑わせ合うことで、夫婦の絆というか信頼を深めあってきました。

この時期は、そんな楽しみの時間をも与えてくれました。病院に送り迎えしながらのドライブも、大切な思い出です。

背中の痛みで「泣き」寝入り

一月に三度目、二月に四度目の抗がん剤投与を終えたころにはひさしさんの体力はずいぶんと落ちていました。通常ならば投与を終えて二、三週間後には回復してくる体力が、二月はなかなか戻りません。今年はいつもより暖かくなるのが遅かったこともつらかったようです。「早く春にならないか」としきりに繰り返していました。

このころから、背中の痛みに苦しめられるようになりました。肺に水がたまると膨張して胸膜を内側から圧迫し、背中の痛みとなって表出します。水を抜けば一時的に楽にはなりますが、水が溜まれば痛みは再発します。三月になると痛みは徐々に強くなり、背中を下にして寝られなくなってきました。右肺にがんがあるので右側を下にすることもできず、毎日同じ姿勢で眠らなければいけないので体に負担がかかります。体力は落ちていくのに、十分な睡眠が取れない状態でした。

喉にも異変が起きていました。食べ物がのみこみづらくなって、食事に長い時間がかかるようになっていたのです。

三月十二日金曜日の診察の際、大江先生に体調を説明するためにひさしさんが書いた文章があります。しっかりした筆跡で残っている最後の書面です。

一　背中の痛み

三日ごとにデュロテップMT　3―5（残2）
ときおりオキノーム散　12―20（残8）
就寝前にハルシオン　0.125mg

椅子などに腰を下ろしていると、背中の痛みは、両脇に収束する。両肩を動かしたり、深く息を吸い込んだりすると、その両脇の根拠地で、痛みがうずく。

さて、横になると、両脇から痛みがアッという間に背中全面にひろがる。

輾転反側の末、もっとも痛みの少い体位で（泣き）寝《ね》入り。

二　のどのつかえ　今週の初めごろから
たべものを呑み込むのがつらい。

ふだんの調子で呑み込むと、ノドにつまる。

ノド元に、たべものが詰まっているように感じる。

ときおり食道の存在をゴリゴリと感じることがある。


相談を聞いた大江先生は、背中の痛みのコントロールと、のみこみが悪くなっている原因を調べるために、即座に入院を勧めました。しかしひさしさんは嫌がってうんとは言いません。いったん帰宅して週末を自宅で過ごすうち症状は一気に悪化し、翌週月曜日の三月十五日、「とにかく入院させてもらおう」と病院に向かいました。自分の部屋を出る時、ひさしさんは「もうこの家に帰ってこられないかもしれないな」とつぶやきました。

ことばを使う者としての責任

内視鏡検査によって、喉の痛みは肺と食道の間にあるリンパ節のがんが、大きくなって食道を圧迫していることが原因とわかりました。ステントという、器官を広げる金属の筒のようなものを入れれば改善されるのですが、食道がある程度細くなってからでないと、ステントがうまくはまらずに胃に落ちてしまいます。食道が狭まるのを待つこの時期は、とても辛い時間でした。一日三回、一時間かけて食事を取り、時折食道で食べ物がつまると、指で喉を押して通していく。そんな状態でおいしいはずがないのに、ひさしさんは完食しようと一所懸命でした。

このころ、「『闘病記』を自分で書くのは難しい。でもインタビューという形ならやれる、と文春に伝えてくれ」と言われました。

「苦しいけれど、自分は作品の中で『たとえ人生が残り一日でも、どんなに苦しくても、人間は生きなきゃいけない』と書いてきた。そう書いた以上は、自分のことばに責任を取るために頑張らなきゃいけない」

「こんなに苦しいことを経験してみると、今までの自分は、どこか観念的に『苦しさ』ということばを使ってきたと思う」

「こういうことについて、ちゃんと〝ことば〟にしてインタビューに答えたいんだ」

自分のことばを自分の行動で裏切ってはいけない、と考える人でした。

最後は流動食に近い食事にしてもらったのにそれすらも詰まり、水を飲むのもつらくなるほど食道は細くなってしまいました。四月二日にようやくステントを挿入しましたが、先生が思っていたほどは食道は広がりませんでした。多少広がればそこから食事を取って栄養をつけ、次の治療に臨めるという考えは現実のものにはならなかったのです。唾や水は少しは飲み込めるようになったものの、追加のステントを入れる体力はもう残っていません。ひさしさんは口の中にたまった唾を、ティッシュを山ほど使って自分で取っていました。

「こんなことは聞きたくないだろうけど……」と前置きをしたうえで、何点か自分の死について伝えられました。「家で死にたい」「延命治療はいやだ」、葬儀やお別れ会のことなども話しました。お別れ会について具体的な話になり、「音楽はねぇ、」などと注文をつけているうちに、しまいには「これ、おれがプロデューサーやらないと」という話になったので二人で笑ってしまいました。

このころになると、一日単位から半日単位で病状はみるみる悪化していきました。元気な時は六十五キロあった体重は、五十キロ近くまで落ちていました。この時期に撮影された内視鏡の画像と二週間前の画像を比べると、リンパ節のがんが急激に成長して食道をほぼ塞いでいます。前の写真の「肺がんの食道浸潤」という診断は、「多臓器がんの食道浸潤」に変わりました。この写真と診断を目にしたひさしさんは、「ああ、ここまで来たらだめだなあ」とつぶやきました。

背中の痛みを軽減するために痛み止めの量を増やしていたので、日中は朦朧としている時間も増えていました。四日に娘の麻矢さんが来た時は奇跡的に数時間元気で、こまつ座についてきちっと二人で話すことができました。六日の深夜に何か書きたい仕草を見せたので便箋とペンを渡しましたが、ほとんど判読できません。薬の副作用で妄想も少し入っているのか……「はっきり」とか「まいります」という言葉は読みとれるのですが、一体何を書こうとしていたのでしょうか。

一日でも早く家に帰らせてあげたいと、先生方の協力を得てなんとか態勢を整えて家に戻ったのが四月九日の朝でした。「帰るよ」と話しかけると、朦朧としながら「うん……」と答えたり、手を弱く握り返してくれました。帰りの車の中でも「今、江の島よ」「(戯曲『人間合格』執筆の前に一緒に見に行った)太宰治の小動《こゆるぎ》よ」「もうすぐ家よ」の言葉にうなずいたり目を動かしたりしていたので、わかっていたとは思いますが、もう少し意識がはっきりした状態で帰宅させてあげたかった。それでも病院の天井を見ながら最期を迎えるのは寂しいこと。家に帰ってこられてよかったと思います。息子と麻矢さん、そして私の三人に見送られ、その日の夜にゆっくり息を引き取りました。

あと七十五年生きても足りなかった

私は、体格もよく煙草をあれほど吸っても元気でフットワークの軽いひさしさんは、九十歳くらいまで生きるとなぜか信じ込んでいました。芝居の執筆は肉体的に大きな負担がかかりますが、七十歳を過ぎてなお新作を産み続けていたので、今後もどんどん書き続けていくことを疑ってもいませんでした。

夏に上演予定の沖縄を舞台にした新作『木の上の軍隊』の執筆に、ひさしさんは最後まで意欲を燃やしていました。がんがわかった時は、「よい作品が最後に二つ書けたからもういい」と言っていたのに、資料を読めば読むほど新しい芝居を書きたくなるのです。沖縄についての資料を取り寄せて目の届くところに並べ、読み込んでいました。入院してからも「廊下のどこそこにある、あの本を持ってきてくれ」と頼まれました。「やっぱり沖縄が書きたい。悔しい」と何度も口にしていました。

広島を舞台にした『父と暮せば』と対になるような、長崎を舞台にした作品にも執着があり、「最後まで沖縄と長崎を残しちゃったなあ」とつぶやいていました。

治療を始めた時はもうあと一、二年は生きられると信じ、「残りの時間で、自分が子供のころの話や親の話を書くかな。あの辺のこと、まだちゃんと書いていないんだ」とも言っていました。やり残したと感じていることが、山ほどあったはずです。

何を見ても聞いても、ひさしさんは「芝居になる」と思ってしまう。病院でも壁越しに患者さんとお医者さんの会話が聞こえてくると、「これはおもしろい、芝居になる」と言います。もう、あと、七十五年生きても、まだまだ足りないぐらい、限りなく書きたいものが湧き出てくる人でした。

家庭でのひさしさんは、いつも穏やかでやさしい人でした。言い合いになったことは二十三年の間、片手で数えられるくらい。病気になってつらい時も、決して家族や病院のスタッフに声を荒げたり愚痴を言ったりすることはありませんでした。一度、起き上ってトイレまで行くのがつらくなってきたひさしさんに「私も看護師さんたちもいるのだから、トイレまで行かなくても」と言った時、「それはやっぱり、強い側の論理だよ」と少しきつい口調で返されて、はっとしました。ひさしさんと同じように、姉も最後まで下の世話をされることを嫌がっていました。そこでは何か大きな境界を踏み越えているのに、看病する側は相手の気持ちを楽にする「親切」のつもりで言ってしまう。そんなことばで楽になるわけないのに……。

やはりがんを看取るのはつらいことです。百歳を過ぎて、すーっと眠るように息を引き取る人が羨ましくて仕方ありません。

入院中に、ひさしさんと交わした会話をふと思い出します。いろいろな人の闘病について話していた時、「病気の進み方も痛み方もみんなそれぞれ違うのだから、比べようもないし……」と言う私に、ひさしさんはこう答えたのです。「戦争や災害だと、たくさんの人が同じ死に方をしなきゃならないんだ。ひとりひとり違う死に方ができるというのは幸せなんだよ」

(『文藝春秋』二〇一〇年七月号　文藝春秋)

あとがき

井上ユリ

シリーズ二冊目には芝居にまつわる文章が収められています。新作の上演が決まり、テーマも固まってくると、ひさしさんは集めた資料を読みながら構想を練ります。芝居の稽古が始まるまでにはまだ時間に余裕のあるこの時期が一番楽しそうで、探し出した面白いエピソードを披露しながらアイディアを話してくれます。

本書の中の子規と漱石についてのエッセイ二本も、紀伊國屋サザンシアターの柿落しに書き下ろしを依頼され、その構想を練っている最中に書かれたものです。いい作品ができそうに思えますが、このお話は、ひさしさんの考える芝居としては「成立」しませんでした。次に構想をお産婆さんの話に変え、またまたたくさんの資料を読み、「おれ今なら赤ん坊を取りあげられるぞ」と豪語していましたが、こちらも芝居としては「成立」せず、サザンシアター柿落しの新作執筆は時間切れで断念しました。

レッスンシリーズや交友録など、ここに収められた文章を読むと、本当のところは本人にしかわからないものの、ひさしさんがなにをもって芝居の「成立」と考えていたのかが浮かび上がってくる気がします。

評伝劇のように実在した人物についての芝居を書く場合、どのように作者のフィクション——「嘘」を紛れ込ませるのか、についてはひさしさん自身が書いていたのでみなさんもご存知でしょう。登場人物やその時代背景を徹底的に調べ上げ、誰も、何もふれていない隙間を見つけて、そこでお話を作る。小林一茶と竹里の関係（『小林一茶』）、一葉の家に出入りする女性たちの事件（『頭痛肩こり樋口一葉』）、太宰の非合法活動（『人間合格』）、等々。「嘘」のお話を作ることで、逆にかれらの「真実」を浮かび上がらせていました。そして、登場人物の台詞を借りて、作家は自身の内面を吐き出します。だから「あっ、ひさしさんがいる」とその存在をひしひしと感じるのです。

お芝居で「嘘」をつくために膨大な作業を積み上げたひさしさんですが、エッセイ、特に事実をありのままに書いていると思われる身辺雑記ではどうか。例えば、本書の『庭先の真理』の「嘘」をばらしてしまうと、

①我が家の書庫は「川越市の江戸期の蔵」を持ってきたのではなく、所沢の明治の建物。
②どの発掘面でも「これも寺のあとでした」と確実に言えるものは出ておらず、当然「文覚上人が身を寄せ」た跡などあるはずもない。
③全部で六面、十二〜三世紀までの発掘で終わり「まだ本番の半ば」ではない。

所沢より川越の方が蔵で有名だから話が通じやすいし、文覚上人を入れた方が断然面白くなる。平安以前まで何面も地層を掘ったことにした方が、あとに続くエッセイの主題に繋がる。ひさしさんはそう考えて、市の教育委員会から届いた報告書に脚色を加えながらこの文章を書いたのでしょう。

身辺雑記を書くときは、このようにちょこちょこほらを吹いていました。お芝居の場合と「嘘」の方法は違いますが、読者、観客を楽しませたいのは一緒。それになんせ照れ屋ですから、自分自身のキャラクターもちょっと盛っています。そのことはみなさんもお気づきだったかもしれませんね。

井上ひさし

1934-2010年．山形県東置賜郡小松町（現・川西町）に生れる．上智大学外国語学部フランス語科卒業．放送作家などを経て，作家・劇作家となる．1972年，『手鎖心中』で直木賞受賞．小説・戯曲・エッセイなど幅広い作品を発表する傍ら，「九条の会」呼びかけ人，日本ペンクラブ会長，仙台文学館館長などを務めた．
『井上ひさしコレクション』（全3巻）『井上ひさし短編中編小説集成』（全12巻）（以上，岩波書店），『「日本国憲法」を読み直す』『この人から受け継ぐもの』（以上，岩波現代文庫）など，著書も多数刊行されている．

井上ひさし　発掘エッセイ・セレクション
芝居とその周辺

2020年5月14日　第1刷発行
2020年8月25日　第3刷発行

著　者　井上《いのうえ》ひさし

発行者　岡本　厚

発行所　株式会社 岩波書店
〒101-8002 東京都千代田区一ツ橋2-5-5
電話案内 03-5210-4000
https://www.iwanami.co.jp/

印刷・三陽社　カバー・半七印刷　製本・牧製本

ISBN 978-4-00-028149-2　　Printed in Japan